10の奇妙な話

ミック・ジャクソン

命を助けた若者に、つらい人生を歩んできたゆえの奇怪な風貌を罵倒され、心が折れてしまった老姉妹。10年の長きにわたり、部屋で安らかに眠り続ける少年。屋敷の敷地内に薄暗い洞窟を持つ金持ち夫婦に雇われて、“隠者”となった男。“蝶の修理屋”を志し、古物店で見つけた手術道具を使って博物館に展示されている標本の蝶を蘇らせようとする少年。家の近くの丘で掘り出した骨を集め、ネックレスを作る少女。――ブッカー賞最終候補作の著者が、日常と異常の境を越えてしまい異様な事態を引き起こした人人を描く、奇妙で愛おしい珠玉の短編集。

10の奇妙な話

ミック・ジャクソン
田内志文訳

創元推理文庫

TEN SORRY TALES

by

Mick Jackson

This edition is published by TOKYO SOGENSHA Co., Ltd.
Published by arrangement with Faber & Faber Ltd., London
through Tuttle-Mori Agency, Inc., Tokyo

目　次

10の奇妙な話

ピアース姉妹

The Pearce sisters

もっとも近い隣家まで九マイルも離れたところに、ロルとエドナのピアース姉妹は人目を忍んで住んでいた。丸石の浜辺にしがみ付くように建つ、ぼろぼろの掘っ立て小屋である。どの部屋にも冷たい隙間風がびゅうびゅうと吹き込み、潮が満ちるとドアの上高くにまで波しぶきが叩き付けた。だが、たまに雲間から太陽が覗いて雨脚が弱まり、吹きすさぶ風も、やおら緩《ゆる》まることがある。すると姉妹は浜辺へと降りて流木を拾い集め、それを持ち帰っては薪《まき》にしてストーブにくべたり、壊れかけた小屋の壁に継ぎを当てたりするのだった。

ふたりはずっと、海の恵みを頼りに暮らしていた。週に六日、小舟に乗って海に出ると仕掛けた網をたぐり上げ、その日の獲物を確かめる。手に入れた獲物のほとんどは食べてしまうが、残りは燻製《くんせい》小屋に吊るしておく。黒ずんだその小屋の中に吊るしておくと、どんなにまっ白な身だろうと、数日ほどでぬらぬらと黄色く脂ぎって、濃厚で甘いタールのような雫を滴らせるようになる。そして二週間に一度、姉妹は燻製にしたニシンやサバ、タラなどを古新聞に包んで街に出掛けてそれを金に換え、パンや塩、紅茶といった、ささやかな贅沢品を買い込んでくるのだった。

ある寒い、雨降りの水曜日のこと。ロルはやかましい雨漏りを直そうと屋根に登り、木ぎれを釘で打ち付けていた。エドナは背中を丸め、朝に獲った魚の内臓を取り出し、洗っていた。ロルは最後の釘をしっかりと打ち込むと、梯子へ引き返そうと振り向き海原を眺め回した。波間に、ちらりと何かが見えた気がする。こんな寒く雨降りの水曜日に、浜辺と水平線とを繋ぐ海原に何かが見えるなんて、そうあることではない。彼女は足を止め、海がその筋肉の収縮を緩めるのをじっと待った。しばらく見詰めていると、先ほどよりもはっきりと見えた。三十フィート級の小型船に必死にしがみ付くようにして、人が漂流しているのである。

「エドナ」彼女は下にいる妹を呼んだ。「舟を持っておいで」

年老いてはいても、バケツや、ロブスターを捕まえる罠かごを運び回って暮らしてきたふたりは屈強だ。瞬《また》く間に浜辺へと小舟を引きずり出すと、大きく力強い手でオールを摑み、海原へ漕ぎ出していった。

ロルは小舟を漕ぎながら、振り返るようにして波間に見え隠れする漂流者を目で追い続けた。

「もう溺《おぼ》れちゃったかしらね」エドナが叫んだ。

「まだ大丈夫」ロルが答えた。

ふたりは最後のひと波を乗り越えると、ゆっくり回転しながら今にも海底の墓場に引きずり込まれそうになっている漂流船へと漕ぎ着けた。さほど離れていないところに、溺れかけている男の姿が見える。彼は二度ほど海中に沈みかけたが、無我夢中で足をばたつかせて抗《あらが》っていた。だが、飛び出さんばかりに両目を見開き、口をがばりと開けると、最後のひと蹴りとひと掻きを残し、ついに水中に消えていってしまった。

最後に見掛けたあたりまで小舟を進めると、ロルは海の中に腕を突っ込んで手探りをした。エドナを見詰めながら首を横に振り、袖を肩までたくし上げる。そして先ほどよりも深々と腕を突っ込むと、やがて溺れかけた男の首を摑み、波の上へと引っ張り上げたのだった。

姉妹は彼を浜辺に連れ帰って丸石の浜辺に寝かせると、何度も何度も腹を押した。そして、男が飲み込んだ大量の海水を、ほとんど吐き出させた。それからロルは男を肩にかつぎ上げ、エドナと共に小屋へと引き返した。

改めてじっくり見てみると男はどの歯も綺麗に白く輝き、髪の毛は見事なダークブラウンだった。なんといい男なのだろう。そんな男を間近で見ることなどほとんどなかった姉妹は、彼を起こさないようにしながらじろじろと入念に眺め回した。濡れた洋服を暖炉のそばにかけ、すり切れた古タオルで体を擦《こす》る。それからエドナが使っているピンクのガウンで彼の体をくるむと、体が冷えないようロルの古靴下をはかせた。

ソファに横たえ、額《ひたい》をそっと拭《ぬぐ》う。そして、まるで人形でも扱うかのように、髪の毛を櫛《くし》でとかしてやった。顔を寄せてじっと見詰めていると、やがて男がとつぜん咳き込みながら目を覚ました。

ロルとエドナが女盛りを過ぎてから、もう何年にもなる。姉妹は、長くつらい人生を歩んできたのである。ふたりの頬は海水と海風のせいで荒れ果て、手はがさがさになり、髪は伸び放題でもつれ絡《から》まり合っていた。魚を獲り続けて暮らすうちに衣服もよれよれにすり切れ、魚脂にまみれてしまった。目覚めてみればそんなふたりに覗き込まれていたのだから、男の驚嘆は相当なものだった。なにせ姉妹のどちらかひとりだけでも十分に奇怪だったのだ。

「私たちが助けてあげたんだよ」エドナはそう言うと、歯の抜け落ちた歯茎を剝《む》き出して笑ってみせた。

男は左右に視線を走らせた。まるで追い詰められた動物のような――罠にはまったウサギのような顔で。それから自分の体に目をやると、すり切れたエドナのガウンにくるまれているのに気がついた。姉妹へと視線を戻し、耳をつんざく悲鳴をあげる。

まあ、あんなことがあったばかりで頭が混乱していたのだろうから、無理のない話であろう。彼の頭の中には、まだまだ大量の海水が荒々しく渦巻いていたのである。男はソファから飛び降りるとドアに向けて駆けだし、蝶番《ちょうつがい》を引きちぎらんばかりの勢いで開け放った。そして小屋から飛び出してゆくと、よろめきふらつきながら、丸石に覆われた浜辺に走りだした。

姉妹はすっかり途方に暮れて戸口に立ちすくみ、その様子を眺めていた。なにせ男はエドナのガウンを着たまま憎々し気に、たった今己の命を救ってくれた自分たちをびたりと指差したのである。彼の口から次々と飛び出す罵詈雑言《ばりぞうごん》の嵐ときたら、あまりの下劣さにカモメたち（決して品性高き鳥というわけではない）ですら羞恥を覚えうなだれるほどであった。男はそれが済むとまたふたりに背を向け、よろめきながら浜辺を走り去っていったのだった。

これを見たロルとエドナは若者の態度にもちろん腹が立ったが、自分が見付けて海から引っ張り上げたのだと思うと、ロルは余計に腹立たしかった。胸の奥から、怒りが込み上げる。彼女はカーディガンをしっかり羽織り直すと、彼の後を追って駆けだした。

蹴散らす丸石の音が、彼にもきっと聞こえたに違いない。追い付いてくる彼女の息使いが、彼にも届いたに違いない。もしかしたら、さっき怒鳴《どな》りちらしたことを悔やんでいるかもしれない。丸石の浜辺に慣れているロル・ピアースはみるみる差を縮め、ものの数分で彼に追い付いた。肩を鷲摑《わしづか》みにしてこちらを向かせ、ぎろりと睨《にら》み付ける。男は、もう逃げる気力を失い観念したかのように、その場にへたり込んだ。ロルはボクシングの王者のごとく男を見下ろすと、妹に向けて叫んだ。

「舟を持っておいで」

ふたりは、救《たす》け上げたのとほぼ同じところで、男をまた海に放り込んだ。それから四分の一マイルほど舟を漕いで、浜辺へと戻っていった。そして数日後、浜辺で流木拾いをしている途中で波打ち際に見つけるまで、彼のことなど考えすらしなかった。エドナの着古したガウンは男の周囲に広がり、あごの下のボタンだけがようやくとまっているありさまだった。ふたりは立ち止まると、しばらく彼の姿を見詰めた。とても安らかそうな顔をしている。どうすべきかは、相談するまでもなかった。姉妹は拾い集めた流木を地面に投げ出すと、彼の腕と足首とを持って水辺から引き上げ、慎重に小屋へと運んでいったのだった。

それから何時間か、彼はまるでたった今たっぷりと昼食を摂ったばかりのように、ベランダに置かれた椅子に座っていた。やがて、誰かに万が一見られてはいけないから中に運び込もうとロルが言いだした。そのときから、青年はふたりの生活の一部になった。中国じゅうの茶をぜんぶ持って来られても、海じゅうの魚をぜんぶ持ってこられても、ふたりはそれと引き換えに彼を差し出す気などなかった。

ふたりは、あのとき彼が置き去りにした洋服を持ってくると、それを彼に着せ、肘掛け椅子に座らせた。暖炉の炎にあたり、実に心地よさそうな姿に見える。逃げ回ったり騒いだりさえしなければ、一緒にいてなんと心地いい人なのだろう。ロルもエドナも、すっかり満ち足りた心地だった。

数日が過ぎた。姉妹は仕事に出掛け、そして夜になると三人で暖炉の前に集まった。男の人が家にいるのはなんと楽しいんだろうね、とエドナが言った。ロルはうなずいたが、このまま一緒に暮らすのであれば、どうにか腐らないようにしなくちゃいけないね、と言った。

ふたりはまた青年の衣服を剝《は》ぎ取ると小屋の裏手へと運び、タラやサバを捌《さば》く分厚い石板の上に、その体を横たえた。エドナがナイフを研いでばっさりと青年を切り開き、ロルが内臓をすべて取り出した。それから網作りに使うより糸を持ってくると、裂いた体を元どおりに縫《ぬ》い合わせた。それが終わると燻製小屋へと連れていき、ときどき様子を見ながら一週間ほどそこに吊るし、すっかり燻《いぶ》し切ってしまったのだった。

初めの二週間は、彼を肘掛け椅子に座らせて過ごした。次にスツールへと移すと、生前に母親が弾いていたアップライト・ピアノの鍵盤の上に、その指を載せた。潮風にさらされたピアノはもうずっと前に音が鳴らなくなってしまっていたが、姉妹のお気に入りである。まるで青年がこれから懐かしい曲でも弾いてみせようかといった風にそこに座っているのを見ると、なおさら愛着が募った。

青年の初めての仲間は、姉妹の小屋や自力で増築した部分の建築許可を調べに来た、地元の役人だった。ロルとエドナは、離れたところからご覧になったらどうかしらと役人を小舟に乗せて海へと連れ出すと、沖合に出たところで船べりから突き落としてしまったのだった。すると数日後、あの青年を見付けた場所から百ヤードと離れていないところに打ち上げられた役人の姿を見付けた。眼鏡はどこかに行ってしまっていたが、スーツはどこも大して破れたりほつれたりしていないようだった。

三人目になったのはおせっかいな老人だ。姉妹の小屋を見付けると、いったいあれは何だとばかり、よせばいいのに嗅ぎ回りに来たのである。この男は、海に連れ出されるまでもなく、燻製小屋送りになった。小屋に忍び寄りキッチンの窓に鼻を押し付けるようにして覗き込んでいると、とつぜん窓が開いたのである。ロルが男の上着の襟元を摑み上げ、汚れた食器の重なる流しの水へと頭を突っ込んだ。自宅では威張り散らしているこの男にとって、何とも屈辱的な逝き方であった。

四人目の犠牲者は、散歩の途中で道を訊ねようと、よりによって姉妹の小屋のドアをノックするという命取りの過ちを犯してしまった哀れな男だった。すこしひげを生やしていたのが姉妹は気に入らなかったのだが、とにかくあとひとり捕まえてコレクションを完成させたくてたまらず、道を教えるからと言って男を波打ち際まで連れ出した。太ももまで海水に浸かって海中の男を踏み付けながら、姉妹は、彼の持っていた地図が風にはためき遠ざかってゆくのを眺めていた。

燻製にする前に、ふたりはまず男のひげを剃《そ》った。今、彼は他の三人と共にピアース姉妹の居間に腰掛けている。彼らが本を読み、トランプに興じ、腰掛けてピアノを弾いている様子は、まるでどこかの面妖な博物館の展示室のようだ。四人の男たちは上品で、物も言わず、ロル・ピアースとエドナ・ピアースと共に暮らしてゆくのである。

眠れる少年

The boy who fell asleep

居眠り坊主などと呼ばれる少年はどこにでもいるものですが、この少年も、いつでもうつらうつらしているのでよく知られていました。朝はいつまで経ってもなかなか目を覚まさず、午後にはもう二度と起きないのではないかと思うほど、深々長々と居眠りをするのでした。教室の窓から表を眺めているうちに両の瞼《まぶた》がずるずると重くなったかと思うと、次の刹那《せつな》にはもうぷつりと糸が切れたかのように机に突っ伏しているのです。担任の教師は、これが実に気に入りませんでした——授業を聞かない生徒にチョークを投げ付けることを至福の喜びとしている、ウィンター先生という禿《は》げで偏屈な老教師です。

とはいえこの少年も、好きで眠っているわけではありません。むしろ起きようとしていると、まるで目覚めと眠りの綱引きでもしているようで、気持ちが悪くてたまらないのです。しかし少年の心はどうにもさまよいがちで、ひとたびさまよいはじめると、いつも彼を無意識の中へと連れていってしまうのでした。

ひとりっ子なので、いつでも口やかましく命令したり威張り散らしたりする兄姉が誰もいないのは、恵まれていたと言っていいでしょう。それに父親は仕事に出ているか肘掛け椅子で新聞を読んでいるかのどちらかですし、母親は、二分とじっとひとところに座っていられぬ性分なのです。

いよいよただならぬ兆《きざ》しが最初に現れたのは、ある土曜の朝のことでした。金曜の宵、八時にベッドにもぐり込んだはずの少年が、十時半を過ぎたというのにまったく目を覚まそうとしないのです。母親が体を引きずり起こして顔に冷水を浴びせると、少年はようやくうっすらと目を開けました。そしてなんとか意識がはっきりしてくるや、ボートに乗ってつづら折りの川を下ったのだとか、そんなうわごとを漏らしたのです。オールも無いままボートに揺られ、ひと晩じゅうゆらりゆらりと川面をうつろっていたと言うのでした。

次の週、少年は地理の授業中に眠りに落ちてしまいました。世界地図を指差して遙か遠い国々の話をしているウィンター先生の声を聞きながら——こんな話を聞けば誰だって眠たくもなろうというものですが——心がさまよいだし、眠りの魔法が訪れだしたのです。ウィンター先生は少年が眠っているのに気付きましたが、少年はどうしても起きません。右のこめかみに跳ね返るほどの勢いでチョークが命中しても、びくともしないのです。仕方なく四人の同級生が集まり、まるで眠りの戦場から救出した負傷兵のように少年を黒板に乗せ、自宅へと連れ帰ったのでした。

両親は息子をベッドに横たえると、憂《うれ》いの眼差しでじっと見守りました。ようやく少年が眠りから醒めたのは、それから丸二日が過ぎてからのことでした。いくらか呆けてはいても、その他はすっかり元気に目覚めたのです。少年はお風呂に入ってからあつあつの朝食をたっぷり平らげると、月曜の朝に学校に戻りました。母親は、息子の行儀の悪さへのお詫びと、すこし具合が悪かったが今はすっかり元気になった旨を手紙にしたため、それを少年に持たせました。

父親はまた前のように新聞を広げ、母親はまた家事に取り掛かりました。ですが、起こすこともできないほどの新たな眠り癖のせいで、ふたりとも不安でなりません。だから、夜になって褥《しとね》に少年を寝かし付けながら、次はいつ目を覚ましてくれるのだろうと心もとなく思うのでした。

それから数週間ほど過ぎた木曜日の宵。少年は三十分ほど暖炉のそばに腰掛けてあくびをしていたのですが、ようやくのことで立ち上がると、ふらつきよろめきながら階段を上っていきました。枕に頭を載せるや、かつて無いほどの深い眠気がたちどころに少年に這いずり込んできました。まるで骨を鷲掴《わしづか》みにされ、引っ張られているみたいです。抗《あらが》いようなど少年にはあるはずもなく、その身はまるで石のように沈み落ちていきました。止めどなく深々と沈みながら少年はちらりと、今度はどのくらい眠るのだろうと思いました。

あくる朝に目を覚ました母親は、我が子の身に何か己の力の及ばぬことが起こったのだと、はたと感じ取りました。慌てて息子の部屋へと駆け込んでみると、少年は皺《しわ》ひとつ無く敷かれたシーツの上、昨夜彼女がそっと毛布をかけてやったままの姿で横たわっているのでした。手のひらを載せてみれば、その額《ひたい》には眠りの温もりがありました。その息吹には、眠りの甘みが漂っていました。母親はくるりと振り向くと、大声で夫の名を呼びました。

「ジョン、また目を覚まさないのよ！」

息子が目覚めてくれる気配がちらりとも無いまま、昼食時が訪れ、去っていきました。午後になり、ふたりは医者を呼びました。医者は少年の心拍を測ると両瞼を開かせてみたのですが、どちらの瞳を覗き込んでも、目覚めの兆しは見当たりません。医者は、考えられる可能性はふたつしか無いと話しました。いわく、まずは眠り病にかかっているか（これは、何週間も前にウィンター先生が差し示していたような遠くの国に生息する、ツェツェバエという恐ろしい蝿によって広まる熱帯病なので、およそ考えにくいものです）、あるいは単にぐっすり眠っているだけなので、自然に目が覚めるまではよくよく目を離さずに寝かせておくのがいちばんだと言うのです。

それから二週間、少年のもとには見舞客が入れ替わり立ち替わり訪れました。叔父や叔母がやって来ては様子を見、母親を慰めました。隣人たちは玄関の扉を叩くと、その後どうしているかと訊ねました。ある月曜日には、学校の監督官もやって来ました。居眠りをしてウィンター先生にチョークをぶつけられるのが嫌だからと、少年がずる休みをして家でのんびり遊んでいるのではないかと探りに来たのでした。

やがて一ヶ月が過ぎると両親もようやく、これはたまさか延々と眠り続けているわけではないのだと受け入れるしかなくなり、眠れる我が子のためにいろいろと決まりごとを設けることにしました。朝には左側に寝返りを打たせ、午後には右側に寝返りを打たせてやる。一週間に二回シーツを取り替えてパジャマを洗濯し、毎晩窓を開けて新鮮な空気に入れ替えてやる。上半身を起こしてぐったりと力の抜けたその体を拭《ぬぐ》い、スープを何匙か口に入れてやる。それからあれこれと手を尽くして身のまわりの世話もしたのですが、ここにはいささか麗しからぬ話も含まれるので、詳しくは語らずにおくとしましょう。

両親は、もし息子がついと目を覚まして自分たちを呼ぶのを聞き逃してはいけないと、必ずどちらかが声の届くところにいるよう決めました。そして一日の終わりには毎晩、ごく当たり前の家族と同じように彼のベッドを訪れ、起きている息子と語らうかのごとく話しかけてやるのでした。

ゆっくりと月日が経つにつれて眠れる少年の噂は広く国じゅうに広まっていき、週に何度か、見知らぬ人が戸口を訪れるようになりました。少年にすこしでも面会させてくれないかと申し出たり、これで必ず息子さんは目を覚ますからと言って手作りの贈り物を両親によこしたりするのです。

ですがその中にたったふたりだけ、こっそりと少年の部屋へと入った者がいたのです。母親が階下で忙しくしているその隙に、通りの先に住む双子の子供たちが排水管をよじ登って少年の部屋に忍び込んだのでした。絶対に眠ってなどいるもんかと思い込んでいるふたりは、それを確かめるべく針を一本ずつ持っていました。ベッドに寝ている少年の足元に立ち、ゆるやかに上下する彼の胸を見詰めます。それから布団をめくると、蒼白い両足が姿を現しました。ふたりはそれを見てうなずき合うと、それぞれ手に持った針を左右の足に突き刺したのでした。

てっきり目を丸くして飛び起きると思っていたのに、眠れる少年はぴくりとも動きません。双子が針を引き抜くと、血液の粒がふたつその痕に膨れ上がり、足の裏を伝い落ちました。双子は自分たちのしでかしたことと、少年が本当に深い眠りの中にいるのだという事実が突如として恐ろしくてたまらなくなり、階段を駆け下りて表通りへと飛び出していったのでした。

それから十年の月日が過ぎても、その間少年はただの一度たりとも寝室から出てはきませんでした。両親は毎朝少年の体を左に向け、午後には右に向けてやり続けました。食事を口に入れ、体を拭き、伸びた髪を刈り、なんとか話し声に応じてはくれぬものかと手を尽くしました。クリスマスと誕生日が、いくつも静寂《しじま》のうちに過ぎ去っていきました。その間、少年に届くものは母親の声しかありませんでした――ときおり短い言葉がいくつか、遠くからくぐもって聞こえてくるのです。まるで自分がクジラの腹の奥深くに閉じ込められているかのようでした。

それに気付くときを除けば、少年は安らかに眠り続けていました。自分の内側に広がる暗晦《あんかい》の深みに少年は閉ざされていたのでした。たった一度だけ少年は、夢とうつつをないまぜにしている我が身をかすかに感じたことがありました。その途端、目覚める道も分からぬまま眠りこけている自分に気付き、恐ろしさに震えたのでした。しかし、いくら声を張り上げて魔法を打ち破ろうとしてみても、助けを呼ぶ声は眠れる体の奥底に淀むばかりなのでした。そして、やがてまた新たな夢が訪れ少年を取り囲むと、無意識のさらに底へと引きずり戻していってしまうのでした。

いつ果てるともなく延々と続くその冬眠は深い責め苦となって父母を苛《さいな》み、ふたりはいつしか自分たちまで、半ば眠りこけたようにぼんやりと家で過ごしているのでした。のしかかる不安のせいで、頭はすっかり白髪になってしまいました。目をつぶっても、見るのは苦しみと恐怖の夢ばかり。ですが、いつもと変わらず迎えたある日曜の朝、ついにこの苦難も終わりを迎えたのです。

母親は静かに少年の部屋を片付けると、束の間ひと息つこうとベッドに腰掛けました。そして、これまでに幾度となくそうしてきたように、心に次々と思い浮かぶことを取り留めもなく息子に話して聞かせました——日々自分を追い立てる家事の話や、ゆっくりと訪れかけている夏の話などです。そして指で髪の毛を一方へと撫で付けてやると少年の額にキスをしてから、目覚めぬその顔にそっと頬を押し当てたのでした。瞼を閉じ、いくつか優しい言葉をかけ、髪の香りを吸い込みます。と、母親は息子のまつげが瞼をくすぐったように感じました。驚いて跳ね起きて見てみれば、息子がぱっちりと瞼を開け、自分を見詰めているではありませんか。

彼女が大声で呼ぶと、夫は、いつか階段を駆け下りていったあの双子よりも速く、階段を上って部屋に駆け付けました。そして妻と身を寄せ合うようにして、まるで誰も知らぬ浜辺に打ち上げられたかのような顔で目をぱちくりさせ、部屋を見回している息子を眺めました。

少年はしばらくしてようやく落ち着くと、さらにずいぶんかけて覚束《おぼつか》ない言葉を掻き集めました。口を開くのですが、喉はまるで枯れたシダのようにがさがさに渇き切っています。

「ずっと眠ってたみたい」少年が、しゃがれ声を出しました。

一心に体を起こそうとするのですが、弱まり、萎縮してしまった全身の筋肉は、言うことなど聞きません。そこで両親は両側から彼の腕を取って自分の肩にかけると、ようやく少年を立ち上がらせてあげたのでした。足を引きずるようにしながら、少年は不思議でなりませんでした。両親が縮んでしまったのでしょうか、それとも自分が大きくなったのでしょうか。

そう、彼はほとんどの少年たちが十歳から二十歳にかけて育つのと変わらぬほど、すっかり大きくなっていたのです。眠りに落ちたときは身長四フィート六インチだったはず。しかし今は、六フィート二インチにもなっていました。窓枠にもたれかかり、十年前に見たきりの外の景色を眺めます。鳥たちが唄い、空をゆっくりと雲が渡ってくるのが見えました。鏡をふと覗き込めば、両親に身を支えられた見知らぬ青年の姿がそこにありました。驚いた少年が足を止めて目を瞠《みは》ると、青年も同じように、彼をじろじろと見詰め返すのです。

少年が目覚めたという噂が広まるや、通りはそれを祝おうと列をなす人びとで溢れ返りました。そして彼がようやく人の手を借りずに歩けるほどに回復すると、誰もが駆け寄ってきては握手を求め、必ずいつの日か目覚めてくれると信じていたよと声をかけるのでした。

ようやくすっかり元気を取り戻した少年は、学校に戻って卒業しようと心に決めました。同級生たちは大人の男の人と教室で過ごすのをそれは面白がり、最初の何日かなどは、また居眠りを始めるのではないかと目を離そうとしませんでした。ですがやがてすっかりそれにも慣れ、他の子供たちと変わらず彼とも過ごすようになったのでした。

ウィンター先生は、チョークを投げても当たらないほど歳を取って何年か前に学校を辞めてしまっており、今はヘイズ先生という若い女性教師が授業を引き継いでいました。ヘイズ先生は、この新入生とだいたい同い年くらいのようでした。だから両親は外に誘ってみてはどうかと提案したのですが、いくらしつこく言ってみたところで、少年は先生を誘うのはよくないことだと思い、結局一度もそうしようとはしませんでした。

何学期か過ぎたころ、少年は学校で学ぶのをすっかりあきらめ、自宅にほど近い農場で仕事を見付けました。そしてほとんどそこで働き通してずいぶんと長生きをしたのですが、かといって、すっかり幸福だったというわけではありません。気持ちが暗く落ち込む日々が、あまりにも多すぎたのです。扉の閉じた部屋で過ごすのは、とても嫌なことでした。

暗闇を恐れるあまりに、夏には星々を見上げながら庭で眠りました。

少年はしきりに、自分が子供のまま大人の体に閉じ込められてしまったような気持ちに襲われました。ときにはひどく胸が塞ぎ、何を言おうとしても言葉に詰まるばかりなのでした。それに、夜に目を閉じればときおり、あの異様な、いつ覚めるとも分からぬ眠りが訪れる気がするのです。またクジラの腹の奥深くに閉じ込められたようなおぞましいあの気持ちを味わわなくてはいけないのかと思うと、少年はそれが恐ろしくなるのでした。

地下をゆく舟

A row-boat in the cellar

モリス氏の特徴と言えば、まずなんといっても片脚が無いことであった。ずっと昔、まだ彼が兵士だったころに吹き飛ばされてしまったのである。見知らぬ土地に掘られた塹壕《ざんごう》の中で座っていたその上空から、悲鳴をあげながら炸裂弾が落ちてきた。モリス氏の左脚を吹き飛ばしたその炸裂弾は、フランクという名の親友の命までをも奪っていった。ついさっきまで塹壕で身をかがめてクリケットの話をしていた若きフランクは、一分後には骸《むくろ》と化してしまったのである。

終戦後、モリス氏はある金物店で職を得て、ネジや接着剤やナットやボルトを売って暮らすようになった。ドアを取り付けたいと客から相談を受ければ、どんな蝶番《ちょうつがい》ならちょうどいいのか教えてやった。棚を吊りたい客がいれば、頑丈な金具を教えてやった。電球を求めて来た客には、モリス氏は買う前に品質を確かめようと申し出た。そして段ボールの包みから電球を取り出すと、レジの奥にあるソケットへとねじ込むのだ。もし電球が点けば「よし、こいつで決まりだ」と言い、もし点かなければ（滅多にないことだったが）「こいつぁ駄目だな」と言ってゴミ箱の中に放り込んだ。

モリス氏は四十二年に渡り、客たちにテレピン油やメチルアルコールの入った瓶を売り、客にぴったりのブラシやキリや、そしてほうきを薦めてきた。木製の義足（先にはきちんと靴が取り付けてある）でよたよたとひねもす歩き回り、決して愚痴や不満などこぼさなかった。困ったらモリスさんに訊けばいいと、広く頼られていた。そして、ついに彼が定年を迎えると、他の店員たちが彼を夕食に招待し、ベストにぴったり合う懐中時計を贈ってくれたのだった。時計には、「脚を休めて。おやじさん」と彫られてあった。夕食が終わると、モリス氏はかつての同僚たちひとりひとりと握手を交わし、ふらつきながら往来を歩き去った。だが月曜の朝に目覚めた彼は、気付いたのだ。自分は何かに打ち込んでいなくてはいけないのだということに。

定年を迎え、それからどうしていいか分からなくなる人は少なくない。手元に有り余る時間を、どうしてよいのか分からなくなってしまうのだ。ひたすらベッドから出ようとせず、それまで眠れなかった分を取り戻そうとする者もいる。勉学に励む者もいる。テレビの昼番組を観て過ごす者もいる。だが長年の習性とは、そうそう変わるものではない。目覚ましもかけていないというのに、誰もが朝早くに目を覚ましてしまうのだった。かつての日課が恋しい。日々はまるで虚《うつ》ろで、友のひとりもいない荒野のように行く末に広がって見える。

中には昔の同僚たちと過ごした会社を懐かしみ、退職などこの世になければいいのにと願う者もいる。モリス氏は、そんな風に感じていたわけではなかった。だが、自分は何かに没頭していなくてはいけないのだと思い立ち、打ち込める何かを探し求めはじめたのであった。

退職して最初の週、彼は毎朝ポットにお茶を淹れて卵を茹でると、街なかを縫《ぬ》って流れてゆく川のほとりを散歩した。本を書いてはどうだろう、とモリス氏は思った。金物屋の人生を本にまとめるのだ。いや、戦争の本でもいいかもしれない。

彼はサイクリングが好きだった。ひょっとして、自転車に乗って国を横断するのも面白いだろうか。彼は、ランズ・エンドからジョン・オ・グローツまでの道のりを調べに図書館へと出掛けてみたのだが、調べ終えるやいなや、あまり楽しくなさそうだと興ざめしてしまった。

それなら、魚釣りをしてはどうだろう。魚は——特に隣にチップスが添えられたりしていたなら——大好物である。だが、日がな一日座り込んで魚を待っていることを思うと、これにもあまりそそられなかった。

木曜の朝、モリス氏は土手に立って、静かに流れてゆく川面を眺めていた。あとすこしで、何か面白いことを思い付きそうな予感がしていた。そう骨で感じるのだ。少年時代に過ごした休暇が胸に蘇った。あのときは父が手漕ぎボートを借りて彼と母親を乗せ、ウィンダミア湖へと漕ぎ出してくれたのだった。

モリス氏の頭の中に、ぱっと電球のように明かりが灯った。自分でボートを造るというのはどうだろうか。

「よし、こいつで決まりだ」彼は声に出して言った。

モリス氏はくるりと向きを変え自宅へと急ぐと、まっすぐ地下室に向かった。ノコギリやハンマーが、いつでも使えるよう壁に並んでいる。彼は前に立って眺めながら、さていったいどんなボートを造ろうかと首を捻った。エスキモーたちが乗るようなカヤックを造ろうか、と考えてみる。それとも、違う形のカヌーを造ろうか。彼は、今まで目にしてきたありとあらゆるボートを頭に思い浮かべてみた。網代舟《コラクル》にも心惹かれるものがありはしたが(これは言葉の響きが気に入っただけだが)、考え抜いた結果、六十年前に父が借りてきてくれたような手漕ぎボートを造ることに決めた。彼くらいの歳の男には、そんなボートこそお似合いに思えたのだった。

彼は計画を練ってどれくらい材木が要るのかを弾き出すと、材木置き場へと出掛けた。

そしてそれから二ヶ月間、きっちり早起きし、ちゃんと朝食を摂り（シリアル、蜂蜜トースト、紅茶である）、食べ終えると地下室に降りて作業ツナギに着替えた。モリス氏は一時に昼食（スープ、チーズとピクルスのサンドイッチ）をとり、三時か四時ごろにまた紅茶を淹れてひと休みする以外は、脇目も振らずに一日じゅう作業を続けた。

夕方には外に出掛け、ボートに乗って上り下りする自分を思い描きながら川沿いを歩いた。川を上って田舎のパブに出掛け椅子に座ってクロスワードに興じるのもいいし、川を下って金物屋をひょっこり訪ねてみるのもいい。

モリス氏は、おがくずの香りが好きだった。紙やすりをかけてすべらかになった材木の手触りが好きだった。そして何よりも、ニスの香りがたまらなく好きだった。完成するころには、すくなくとも十度は上塗りを繰り返していた。でき上がったボートはウィンダミア湖で乗ったあのボートと同じように、燻製《くんせい》ニシンのように茶色く、こってりとした光彩を放っていた。

オールを造り終えると、モリス氏はそれを丁寧にオール受けに置いた。一歩下がり、自分の仕事をしげしげと眺め回してみる。架台に鎮座するボートはまるで博物館にでも置かれているかのようで、モリス氏は誇らしい気持ちでいっぱいになった。完成までに積み重ねた苦労の数々を胸に呼び起こす。シャツを濡らした汗粒のひとつひとつを思い出す。だがそうして美しいボートに見とれながらも、彼はまるで、今から何かひどい災厄が我が身を待ち受けているような、そんな気味の悪い寒気を両肩に感じるのだった。

ボートは大きく頑丈そうで、がっしりとしている。ゆっくりと振り向き、階段の上に視線を向ける。ふと、地下室のドアがひどく小さく見えた。ボートへと視線を戻す。モリス氏はあんぐりと口を開けた。苦々しい涙がその両目ににじんだ。

それからしばらく、モリス氏はキッチンに座り込み、ラジオに耳を傾けている風を装った。地下室に閉じ込められてしまったあのボートを見ることなど、とても耐えられなかった。一時間ほどそうしてから彼はまた階段を降りると、巻き尺を手に取り、封筒の裏に数字を並べ計算をした。だがどう計算しても、大きなボートをあんな小さなドアから外に出す方法など見付かりようがなかった。

建造に注ぎ込んだ労力よりも何よりも彼を苛立たせるのは、あのボートを本来の目的のために使うことが叶わないという現実だった。ボートは思い描いたあの水辺から遙か遠くで、まるで地下牢の囚人のごとく囚われの身となっているのである。

翌週、モリス氏は努めてあのボートのことを考えないようにしていたが、その甲斐無く、ボートは頭の中に取り憑いて離れてはくれなかった。買い物に出掛け、夕食を作り、ラジオに耳を傾けるのだが、はたと気付けばいつも地下室で座礁した手漕ぎボートを眺めているのである。

ある水曜の夕間暮れ、川辺を歩いていた彼は、やけに水かさが増しているのに気がついた。そういえばここのところ雨がやたらと降っていたが（これはそう珍しいことではない）、彼はさほど気にしていなかった。しかしその夜更け、表通りでがやがやと騒ぎ立てる人びとの声にモリス氏は目を覚ました。窓から顔を突き出してみる。隣人たちがパジャマに長靴姿でそこかしこに集まっているのが見える。

「モリスさん、川が大変なんだよ」隣人のひとりが彼を見上げて怒鳴《どな》った。「土手が決壊しちまったんだ」

モリス氏は窓を閉めると、咄嗟《とっさ》にベッドへと引き返した。じっと座り込み、数分ほど考えを巡らせる。それから義足を脚に取り付けるとガウンをまとい、階段を降りていった。

地下室へのドアを開けると、恐怖とも歓喜ともつかぬ感情が胸に湧き起こった。段ボール箱やニスの空き缶が、一メートル近く溜まった水にぷかぷかと浮いているのである。ネジの容器やビールのびんも、そこかしこに漂っている。そしてそのただ中に悠々と威厳を漂わせて浮かぶのは、モリス氏の手漕ぎボートではないか。

彼は古びた洗濯ひもを繋いで投げ縄を作ると、くるくると何度か頭上で振り回してからボート目掛けて投げ付けた。暴れ馬をたぐり寄せる牧場主のように、ゆっくりとボートを自分のほうへと引き寄せる。そしてそろそろと階段からボートに渡した横板へと足を載せると、足下が定まるのを待ってからそっと乗り移った。モリス氏はそして、自分の人生を物語るがらくたがぷかぷかと浮いている水びたしの地下室で、壁と壁の間をあっちこっちと満たされた気持ちでボートを漕ぎながら夜を過ごしたのだった。

無論物足りなくはあったが、まったく何もないよりはましというものだった。何はともあれ、旋回の練習くらいはできたのだ。それから数日というもの、ほとんどの隣人たちはすることもなく表に出ては不平を言い、この先どうすればいいのかと嘆き通した。一方のモリス氏はといえば、船酔いしないことに気付いたのをいいことに地下室に引き籠《こ》もり通しで、寝心地さえ気にならなければ最愛のボートの中で寝起きしようかというほどであった。

木曜の午後には雨もぽちぽち止み、水位が下がりはじめた。モリス氏は土曜の朝に、またすこし漕ぐとしようと浮き浮きして目覚めたのだが、地下室の扉を開いてみるとボートは（数多のがらくたもだが）、泥の中に数インチほど埋もれてしまっていたのだった。

まさに惨憺《さんたん》たるありさまだったが、モリス氏は立ち向かう意志をぐっと固めると、床に溜まった泥をかき、壁を綺麗に拭いた。もしかしたらやがてもっとひどい浸水があるのではないかと思うと、胸が躍った。その日からモリス氏は、雨粒が落ちれば心躍らせ、黒雲を見れば希望に打ち震えた。川の様子はまめに確かめたが、土手を越えて溢れ返る兆候など微塵も見当たらなかった。

それよりもこの先のことだ、とモリス氏は考えた。来年のちょうど同じ時期ならば、また川は氾濫するかもしれない。そのときまでに地下室を広げておけば、もっと広々と漕ぎ回れるではないか。そう思い立ったモリス氏は地下室を広げるべく、一年がかりの計画に乗り出した。ツルハシと新品の手押し車を買い込み、地下室の壁を掘りはじめたのである。まず掘ったのは高さ五フィート、幅六フィートほどのトンネルだったのだが、これは表通りの真下に差し掛かるや、たちまち排水管やパイプなどの障害物に行く手を阻まれてしまった。そこでモリス氏は、今度は裏庭の下を抜けてゆく二本目に取り掛かった。トンネルは着実に、ぐんぐんと延びていった。

トンネルの天井は、廃材置き場で拾ってきた不揃いの材木を組んで支えた。何ごとも無ければ一日に四、五時間ほど穴掘りをし、それから一、二時間ほど眠る。そして自分で夕食をこしらえ、夕闇が訪れるのを待つ。未明になると、掘り出した土砂の入ったバケツを持って階段を上がり、手押し車に移し替え、月明かりに濡れる表通りを押し歩いてゆくのだった。

最初の数日は近所の庭先に土砂を捨てたが、そうそういつまでもこれを続けられるわけはない。そこでモリス氏は川まで土砂を積んだ手押し車を押していき、跡形もなく沈めてしまうことにしたのだった。このほうが計画は盤石というものだろうし、それに何インチかは川の水かさを上げられるかもしれない。夜中に老人が手押し車を押し歩いていたからといって、いったい誰が見咎《みとが》めたりするだろう。午前三時から午前四時までの間、この町はどの通りを歩いても、ほとんど人っ子ひとり見当たらない。だが、何度もそうするうちにたった一度だけ、面倒に出くわしたことがあった。手押し車いっぱいの土砂を川に捨てた彼の隣に、一台のパトカーが止まったのである。

警官は窓を開けるとモリス氏の顔に懐中電灯を向け、何をしているのか話すように言った。

モリス氏は空っぽの手押し車に目をやると、また警官の顔に視線を戻して「定年で退職したんでして」と答えた。

それを聞くと、警官はしばし考え込んだ。そういえば彼の父親も数年前に退職してからというもの、朝五時半に起きて掃除機をかけるようになった。警官は、物音を立てて人の眠りを妨《さまた》げたりしないようにと伝えると、パトカーの窓を閉めて夜闇の奥へと走り去っていった。

トンネル掘りは、着々と進んでいった。掘りはじめて五ヶ月が経つころには、モリス氏の計算によると四分の一マイルに達しているはずだった。このまま滞《とどこお》りなく掘り進んでいけば、また雨の降るころには町の地下を抜けてバーチ・ヒルまで到達するだろう。

次に川があふれるまで一ヶ月ほどかと当たりをつけると、モリス氏はボートが流されないよう、階段の手すりに舫《もや》い綱で繋ぎ止めた。ところがある火曜の夜、一日じゅうトンネルを掘り続けくたくたの体で川沿いを歩いていると、前方に人が集まり何かしているのが見えた。近付いてみれば、大型トラックと川の間に兵隊たちが一列になり、砂袋を運んでいるのだった。

モリス氏は、それに気付くや否や気分が悪くなった。土手の上に立つ兵士に歩み寄り、何をしているのか訊ねてみる。

「どうかご心配なく」兵士が答えた。「今年は氾濫なんて絶対にさせやしませんよ」

彼は隣の兵士から砂袋を受け取ると、それを先ほど投げ込んだ袋の上に放り、上から軍靴でぐいぐいと踏み付けた。モリス氏は、川べりに積み上げられた砂袋の山と、トラックの荷台にまだまだ積まれている砂袋の山とを見ると、またあの寒気に両肩を襲われた。

この一年、ほとんどずっとトンネルを掘って過ごしてきた。毎朝の食事を終えるとすぐにボートの中に座り、手作りのトンネルを漕いでゆく姿を想像し続けてきたのだ。サンドイッチを包むパラフィン紙や、紅茶を入れておくポットまで買い込んである。だが、これではまるで人生がだしぬけに体から抜け去ってしまったのと同じではないか。トンネル掘りに費やしてきたあの苦労が、一気にモリス氏に襲いかかった。人生で初めて感じる、老人じみたこの心地。老いぼれた、ただの能なしになってしまったかのようだ。

モリス氏は穴掘りを止めると、ベッドから出ずにラジオを聴くようになった。その心はいつでも、川を封じ込めるあの忌々しい砂袋と一緒に、土手にうずたかく積み上がっていた。

思ったとおり翌週になって雨が降りだすと、雨粒がモリス氏の嘆きの家の窓を洗い、屋根を叩いた。彼はレインコートをまとって傘を探し出すと、川の様子はどんなものか確かめに行った。すると川は積み上がった砂袋の縁にまでかさを増しており、今にも溢れ出してきそうではないか。あの兵士どもがこんなものさえ置いていかなければ、きっと今ごろはボートに乗り、一年がかりで掘って掘って掘り抜いたあのトンネル内を漕いで回っていたのに違いない。

もう暗くなりはじめていた。モリス氏は足下で濡れそぼる砂袋の山を見下ろした。方々に口を開けた小さな隙間から、水が滲《にじ》みだしてきている。彼は頭に思い描いてみた。いくつかこの袋めを蹴り外してやったら、さぞかし見ものなのではないだろうか。

モリス氏は木の義足で軽く蹴ってみたが、重い砂袋はびくともしなかった。そこで今度は手にした傘を畳むと、それで思い切り突いてみることにした。そうして一心不乱に力を込めていると、誰かに見られているようなおかしな空気を感じた。振り向いてみると、さほど遠からぬところにレインコート姿の男が立っているのが見えた。男はやや時を置いて、モリス氏へと一歩足を踏み出した。

「手をお貸ししましょうか」男が言う。

近付いてくるその姿を見るに、どうやらモリス氏と同年配らしい。いや、すこし年下だろうか。男は身をかがめると砂袋をひとつ持ち上げ、それをモリス氏へと手渡した。それを受け取ったモリス氏が投げ捨てようと振り向くと、またもや同年配と思しき男が忽然と姿を現した。

「受け取りましょう」彼が言う。

一分もしないうちに、土手には十二人もが集まっていた。ちょうど一週間前に見たあの兵士たちのように、十二人の老人たちが一列になって砂袋を手渡してゆくのである。

やがて、彼らの労力が報われる兆《きざ》しが訪れた。モリス氏の隣に立つ男が「これで行けるはずだ」と大声を出し、皆にその場を退《しりぞ》くよう手を振って合図したのである。砂袋がいくつか、水の重みに耐えかねてずるりと横にずれる。川は突如新たな通り道を見つけたかのように砂袋の山に大穴をうがつと、どっと流れ出てあたりを水浸しにしていった。

モリス氏は義足の許す限り急いで、自宅へと舞い戻った。地下室の扉を開けると、少なく見積もっても深さ二フィートほどの水流が勢いよくトンネルへと流れ込んでおり、そのせいでボートを繋ぐ舫い綱はぴんと張り詰めていた。

彼は懐中電灯を引っ摑むと、ボートに這いずり込んだ。気がやたらと逸《はや》りロープを解くことができず、ナイフを取り出して切らなくてはならなかった。ボートは陸を離れると急流に乗り、息をするのも忘れているうちにトンネルの奥に広がる先の見えぬまっ暗闇へと突き進んでいった。

オールで漕ぐことなど、ろくにできないようなざまであった。ボートが粉々に砕けてしまわぬように操るだけでも精一杯だったのである。壁はみるみる過ぎてゆく。モリス氏はときどき手を休めると、行く手を確かめるべくトンネルの先に懐中電灯をかざした。

この突き抜けるような興奮が、モリス氏は欲しくてたまらなかったのだ。金物屋のレジに座っていたのでは、こんな高揚感がどうして味わえようか。だが、ようやく心から噴き出す歓喜に身を任せて叫び声をあげ、その木霊《こだま》が耳に届きはじめたところで、ボートはゆるゆるとその速度をすこし緩《ゆる》め、トンネルの突き当たりへと近づいていったのだった。突き当たりは、背後から流れ込んでくる激流の勢いで、荒れ狂い、沸き立つかのようだった。

モリス氏はオールを握りしめると、地下室に引き返そうとボートを漕ぎはじめた。だが、狂ったように漕いでもボートは一向に進もうとしない。激流は彼を乗せたままのボートをがっしりと捕らえてトンネルの壁に打ち付け、烈《はげ》しく揺さぶった。

モリス氏は、ますます水位が増しているのに気がついた。なんの根拠もなく、何フィートか溜まれば、それではたと止むものだとばかり思っていたのに。だが、必死に漕ぎ続けるモリス氏を乗せたままボートはしっかりと水に浮き、ついに彼の身をトンネルの天井へと押し付けだしたのだった。

水流は止まるところを知らず、いよいよボートの縁にまで水が上がってきた。懐中電灯が消え、まっ暗闇の中、激流は唸りをあげて猛り狂った。モリス氏はやがて、ついに死を覚悟した。

「まあ、こんな終わり方も悪かないさ」彼は胸の中で言った。「自分の掘ったトンネルで、自分の造ったボートに乗って溺《おぼ》れるんだからな」

水にすっかり飲み込まれると、モリス氏は全身の力を抜いた。

「さらば」声に出して言う。

だが最期の瞬間、彼の全人生が水の泡となりかけていたまさにそのとき、頑丈だったはずの壁がやにわに崩れ去り、モリス氏はボートと、そして何百万ガロンという大量の水と共に、どこか地球の底のようなところへと押し流されていたのだった。

ようやく揺れが収まるとモリス氏は恐る恐る身を起こし、まったく見知らぬ場所に自分が浮かんでいるのに気がついた。ボートは、地下の広々とした水面を静かに渡っていたのである。巨大な石筍《せきじゅん》や鍾乳石が、湖を取り巻く岩肌のそこかしこから突き出ている。ぐるりと周囲を取り巻く壁も、ぽつぽつと孔の開いた天井も、やんわりと薄気味の悪い光を放っていた。

モリス氏は遠くを見詰めると、他のボートが点々と漂っているのに気がついた。どのボートもマストから、風防付きのランタンを下げている。一艘のボートが、モリス氏のほうへと静かに向かってきた。ようやく近付いたそのボートを見て、彼は目を瞠《みは》った。あの川縁で出会った老人が漕いでいたのである。

「やあ、ようこそおいでなすった」彼が言った。

モリス氏は、努めて平静を装いながら、ようやく「これはご親切に」と声を出した。

「ランタンをお持ちでないようですな。それでは行く手が見えますまい」

モリス氏はうなずくと、「売っている店を知っていますので」と答えた。

老人はにこりと微笑むと、ボートを回頭させはじめた。

「ここでは皆離れて過ごすのが普通なのですが、もしご一緒したくなったらお手をお振りなさい」

モリス氏は礼を告げると、まるで牛乳のような湖面を漕ぎ去ってゆく老人の背中を見詰めた。

「やれやれ、サンドイッチを持ってくるんだったわい」モリス氏は心の中で言った。

それからというもの、モリス氏は湖でボートを漕いで日々を過ごした。漕ぎながら物思いに耽《ふけ》るのもよかった。それに、ボートを漕いでいると体調もいいようだ。揺られながら、ウィンダミア湖で両親と過ごした日のことを懐かしんだ。そしてときおり、遙か昔に戦死したフランクのことを考えてみるのだった。

蝶の修理屋

The lepidoctor

世界というものはときとして、ちょっとした偶然で人を目覚めさせようとするもの——そうして人をはっとさせ、心を釘付けにしてしまうことがあるのです。中には、眉ひとつ動かす価値もない軽い偶然もあります。しかし多くの偶然は、それに応じて行動した人物が歩む人生の道筋を変えてしまうほどの力を持つ、ずっしりとした重みを運んでくるものなのです。

ここに伝える物語の中心となった偶然は、登場する少年と蝶にとってことさら重要な意味を持つものでした。発端はある土曜の朝、バクスター・キャンベル君がホートン博物館を訪れたことでした。ここには長い年月をかけて世界の隅々から集められてきた、熊や鳥の剝製や、パラグアイの鼻笛や、骨や石の破片などが陳列されているのです。

バクスター君は、並外れた教養を持つ少年でした。寝室には年代物のハーモニウムを置き、それを使って物悲しい子守歌《ララバイ》を作曲することもしました。ベッドサイドのテーブルには革表紙のついた、初代テニスン男爵、アルフレッド・テニスン卿の詩集を一冊置いていました。壁にはピーテル・ブリューゲルとヒエロニムス・ボスの絵画を飾っていました。どれもこれも、自ら慈善バザーやがらくた市《いち》に出掛け、ただ同然で手に入れてきたものばかりです。父親同様、バクスター君は古物《こぶつ》が好きでたまりませんでした。古物には歴史があるのです。古物には魂が宿るのです。

バクスター君はまだ物心がつく前から、古物店やのみの市、オークション会場を回る父親についてあちこち出掛けたものでした。そんなわけで彼は歩いたり話したりできるようになるずっと以前から、黴《かび》や防虫剤の臭いや、ほとんどの人がゴミに出してしまうような古書や時計や陶器を挟んで値切り交渉する大人たちの姿に慣れっこになっていたのです。

そんなバクスター君も今やすっかり成長し、父親から教わった古物店やのみの市へとひとりで足を運ぶようになっていました。彼と父親は毎週金曜の夜になると暖炉のそばの椅子に腰掛けて地元の新聞を開くのを、何よりの楽しみにしていました。紙面に並んだ小さな広告記事を読みあさっては、たとえば「鋳鉄製ベッドスタンド。曲がり少々。重量かなり」だとか「試験管やピペット等、化学器具用大型収納箱。買い手求む」のようなそそる文句を見付けては、丸で囲っていくのです。

もしキャンベル夫人がそばにいたならば、廊下に並んだ段ボール箱や階段に積み上がった本の山を見て、小言のひとつも言ったことでしょう。しかしバクスター君の母親は、彼がこの世にやって来るのと同時に、この世を去ってしまったのです。父親は男手ひとつでバクスター君を育て、まだ彼が年端もゆかぬ子供だったころにはもう、地下室には父親が第二次世界大戦の記念品や鉄道用品をしまい、屋根裏にはバクスター君が年代物の加算機や壊れた無線機などをしまうことに、ふたりで取り決めたのでした。

土曜の朝になるとバクスター君はいつでも地元の博物館を訪れ、そこでかつてローマ人がはいた下着や、すり減って薄くなった新石器時代人の遺骨を眺めて過ごすのが大好きでした。そして行きつけのトルコ風カフェでランチを食べ、午後には前の晩に探しておいた慈善バザーをひとつひとつ回って過ごすのです。この日バクスター君はホートン博物館を訪れると、古い手かせがひとつ陳列されたガラス棚の前で足を止めました。どうやらブリストルで見付かったものらしく、一トンほども重さがあるように思えます。バクスター君は、いったいどんな罪を犯してそんな手錠をかけられたのだろうと思いを巡らし、繋がれた罪人は近隣の役人たちにより九尾の猫鞭《むち》で打たれ、半殺しにされたのだろうかと想像しました。

バクスター君は歩きだすと、後ろ肢で立ち上がって歯を剝《む》いている北極熊の前を通り過ぎ、バリ島の人びとがはいたサンダルの前を通り過ぎ、モロッコのボードゲームの前を通り過ぎ、やがて「蝶――ミルトン・スパフォードの新展示」と書かれたポスターがまん前に見えたところで足を止めました。ポスターには、隣の部屋に向かう黒い矢印が印刷されています。前にも書いたようにバクスター・キャンベル君は並外れた教養の持ち主ですから、芸術や文化というものにも、まったく怖じ気付いたりはしません。次の予定（午後一時からメソディスト教会で、慈善バザーが開かれることになっていたのです）まではまだたっぷりと時間があったので、彼は展示を覗いてみることにすると、矢印の示す先を追ってアーチの天井の廊下を進み、大きな白い部屋へと入っていきました。

まず最初に彼が驚いたのは、目を瞠《みは》るようなその色彩でした。実に色とりどりで、なんと大きいのでしょう。鮮やかなブルーにエメラルド・グリーン、そしてまばゆいような青緑色《ターコイズ》。それが、壁まるまる一面ほどはあろうかという一匹の巨大な蝶についた二対の大きな羽に、混ざり合うようにして煌《きら》めいているのです。

バクスター君は、ただただ心を打たれました。不思議な話ではありますが、目の前の蝶は美しくも面妖にも見えるのです。歩み寄っていったバクスター君は、その蝶が、実際には何百匹という本物の蝶をまるでモザイクのように念入りに配置して作られているのに気付きました。

「おい！」誰かの声が聞こえました。

バクスター君は思わず飛び上がりました。自分でも気付かないうちに蝶の真正面に立って人差し指を伸ばしていたのです。三メートルほど先にいる太った守衛が、何かあったらバクスター君を床に組み伏せようと身構えています。

「触っちゃいけないぞ」守衛が言いました。

バクスター君は手を降ろすと、蝶を一匹一匹じっくりと観察しはじめました。小さな胴体を覆う美しい毛や、羽に走る繊細な翅脈《しみゃく》。一匹の蝶の羽はまるでパウダー・コーティングをしたかのようなブルーと白です。また他の蝶はたった今インクに浸したばかりみたいに、黒く艶やかに濡れて見えるのでした。

どの蝶も傷ひとつなく、バクスター君にはとても死んでいるようには見えませんでした。まるで、一日じゅう壁の決まったところに貼り付いているよう特別に訓練されているかに思えたのです。バクスター君はそんな空想に胸をときめかせましたが、ふと顔のすぐ前にいる一匹の蝶の中心から、ピンの頭が突き出しているのに気付きました。よく見ると、すべての蝶が同じように、ピンで壁に留められているのです。

バクスター君はひどく気分が悪くなり、博物館を出ることに決めました。立ち去り際に彼は、この奇怪な芸術作品を生み出した張本人、ミルトン・スパフォードの大きな写真の前を通りかかりました。バギーパンツをはいて山肌に立ち、片手に蝶を捕まえる虫取り網を、もう片手にはガラス容器を持っています。写真の下に、次のような解説が書かれていました。「捕まった蝶は『殺蝶容器』に入れられると、すり潰した月桂樹の効能により、すぐに永遠の眠りに就くのです」

バクスター君はすっかりわけが分からなくなりました。これまでにも死んだ動物ならたくさん目にしてきました――ぼろぼろになったオオコウモリ……剥製になったぱんぱんのセイウチ……紙のように薄い皮膚のサイ。しかし、そうした動物たちが捕まって剥製になったのは、最低でも百年は昔のこと。未だに蝶を捕まえ殺している人がいるとは、なんと馬鹿気た話なのでしょう。こんなものを見れば、最初から丸いピンの刺さっていない蝶などほとんどいないのだと、人は勘違いしてしまうことでしょう。

彼は博物館を後にすると死んだ美しい蝶たちのことを必死に頭から追い出そうとしましたが、どうしても忘れることができませんでした。そして、午後ずっと方々の慈善バザーを回っている間にも、彼の空想の中にはあの巨大な蝶が延々と付きまとい、その恐ろしい影で週末をまるまる包み込んでしまうのでした。

それから二週間後、バクスター君は毎月一度行くことにしているモンティ・エルドリッジ古物店を訪れました。モンティ氏は自分の店をただの古物屋ではなくアンティーク・ショップなのだと言いたいらしく、価格にもそれがよく表れていました。しかしバクスター君には、モンティ氏の店に行けば他の場所よりも興味をそそる掘り出し物が見つかるのが分かっていました。もっとも、見つけたからといって手持ちのお金で買えることはほとんどなかったのですが。

バクスター君がぼんやりと灯りに照らされた店の奥で、しゃれたランプ・スタンドと陶器をうずたかく積み上げたテーブルの間をすり抜けようとしたとき、ふと小さな薬箱と同じくらいの大きさのマホガニーの箱が見えました。モンティ氏はといえばカウンターの向こうで新聞に読みふけっているところです。バクスター君は、百科事典の下から箱を引っ張り出しました。意外なほどにずっしりと重たいその箱を手にした彼は、きっと中身はとても古いものか、とても変わったものに違いないと胸を躍らせました。がたがたする年代物のテーブルに箱を置いて小さな留め金を外し、注意深く蓋を開きます。

ビロードの内張りから、鼻を突くような黴の臭いが立ちのぼりました。バクスター君が覗き込むと、煌めく銀色の器具類がそこにしまわれていました。小さなナイフや針、そしてペンチといった道具が、ベルベットの台座に空いたそれぞれの形のくぼみに収まっているのです。コルクのはめられた薬瓶《バイアル》が二本、何かに使うレンズと手垢のついた説明書と一緒に、蓋の内側に紐で留められていました。見たところ、歯科医か時計屋が使う仕事道具に似ています。

「これはなんですか？」バクスター君は、モンティ氏に声をかけました。モンティ氏は顔を上げて新聞を置くと、バクスター君が何を見付けたのか確かめにやって来ました。

「ああ、それかね」と、やや楽し気な声で言います。「そいつは蝶の修理屋《レピドクター》の手術道具さ」彼は、とりわけ鋭いナイフを箱から取り出すと、しげしげとそれを眺めました。「ヴィクトリア朝後期だな。とても珍しい品だよ。この三十年、こんなに状態がいいものは、ひと揃いたりとも目にしたことがないね」

バクスター君は、ピンセットを一本手に取ってみました。とても精巧に作られていましたが、縁はうっすらと錆び付いています。「レピ……なんですか？」

「レピドクターさ」モンティ氏が繰り返しました。「だが、今や失われた技術だよ。おそらく当時にしても、なにか秘密結社の技法だったんだろうな」

バクスター君は錆び付いたピンセットを元の場所に戻すと、他の器具を指でなぞりました。「ええ、でもいったい何に使うんです？」

モンティ氏はまるで、教育水準もここまで落ちたかとでも言いた気に、首を横に振ってみせました。「レピドクターというのはだな、蝶の修理をする専門家のことさ」

もしその場でバクスター・キャンベル君に、彼の発見がどれほど素晴らしいものなのか、そして二週間前に見たあの風変わりな展示のことを思い出したかと訊ねても、きっと彼からはっきりした答えが返ってくることはなかったことでしょう。彼はとにかく、今までに目にしてきたどんなものよりも、その道具箱を自分のものにしたいという想いでいっぱいだったのです。そこにしまわれた奇妙な道具の数々がどんな目的のために使われるのかもろくろく考えないうちから、すっかり恋に落ちてしまっていたのです。ですがこの古物商と付き合いの長いバクスター君は、そんな物欲しい気持ちを顔に出してはいけないことを、よくよく知っています。だから彼はじっと黙ったまま銀色の道具類を手に取っていったのでした。拡大鏡——宝石商がダイヤモンドを調べるときに使うようなものです——を革のストラップから抜き取り、表面の埃を吹き払います。それから自分の目に当ててみると、まるであつらえたようにぴったりと収まりました。

「それで、お値段はいかほどなんです？」バクスター君はかがみ込むようにして箱に顔を近付け、他の道具をしげしげと眺め回しました。

「まあ値段は、どれだけ払ってくれるかによるな」モンティ・エルドリッジ氏は小ずるい顔をして答えました。

老モンティ氏は長いこと考え込むと、いわずもがな、バクスター君が想い描いていたよりもずっと高い金額を口にしました。ですがモンティ氏はふと、何年か前にバクスター君が古い蓄音機を買っていったのを思い出していたのです（同じものを手に入れたくて大枚を用意している客がいるのは黙っていましたが）。そこでモンティ氏はたっぷり五分もかけて交渉すると、手術器具の入った箱を譲る代わりにその蓄音機をよこすこと、そして彼の自転車のギアとブレーキを修理してもらうことで、ようやく手を打ったのでした。

数日後、バクスター君はついにマホガニーの箱を自宅に持ち帰ると、そのまま急いで自分の部屋に上がってドアを閉めました。これは、とても珍しいことです。彼はいつも面白い物を新しく手に入れてくると、まずは父親に見せるのが普通だったからです。ベッドに箱を置き、その前にひざまずきます。そして蓋を開けて銀色の道具類をひとつずつ中から取り出すと、埃のついた拡大鏡を使い、ひとつひとつ端から入念に点検していきました。ペンチのバネは交換したほうがよさそうに思えることを除けば、どの道具も取り立てて壊れてはいないようです。ガラスの小瓶が二本入っていましたがどちらも空で、中にはまるで古いニスのように固まった何かが、こびり付いて残っているばかりでした。バクスター君は古びた説明書を取り出すと、ざっと目を通してみました。前の持ち主も数え切れないほど開き、読みふけったのでしょうか。説明書の綴じ目はほどけてばらばらになっており、どのページもすっかりよれよれになって汚れていました。

最初のページを読んでみます。三段落目に、こう書いてありました。

すべての内部組織に問題がないか、もしくは簡単に修復が可能であり、羽や触角が大きな損傷を受けていない限り、蛾や蝶といった類《たぐい》の生物は何週間、何ヶ月間生命活動を停止していようと、蘇生させることが可能であると考えてよい。

バクスター君は鼓動が速まるのを感じました——どくどくと脈打つその音が両耳に響くのです。何をどうすればよいのかと胸に渦巻いていた迷いは、消し飛んでしまったようです。誰の人生にも一度や二度、圧倒的な確信に満ちた瞬間が訪れるもの。確固たる、揺るぎない現実と向き合う瞬間とは、そういうものなのです。ゆっくりと暗がりに包まれていく部屋に腰掛けながら、バクスター君は自分に今その瞬間がおとずれているのだと、目の前に延びる一本の道の前に立っているのだと、気付いたのでした。

それから数日間、彼はすり切れた説明書を何度も繰り返して頭から最後まで読み通しました。中にはやたらと古めかしい言葉も並んでおり、半年前にリサイクル・ショップで買ってきた古い巨大な辞書で何度も何度も意味を調べてみなくてはなりませんでした。幸いなことに説明書には短い用語解説のページもあり、そこに蝶の修理にまつわる技術的な用語がほとんど記されていました。なので、それを三度読み終え、四度目に読み返すころになるとバクスター君にも、そこに書かれている指示が奇妙にも理解できるようになってきていたのでした。

バクスター君が見るところ、説明書で解説されているのは、ありとあらゆる蝶の怪我に対処するために用いられる六つの複雑な処置でした。彼はとても機械に強い少年でしたので、修理した自転車や、真空管の交換とか配線の補修などをしたラジオが、どちらも何十台とあります。しかし彼にしてみれば、ああいう繊細な生き物が持つ羽や組織を修理するというのは、ラジオのダイヤルについたバネを交換するようなこととはまったく別の作業にしか思えないのでした。

彼はすべての器具をスチールウールとメチルアルコールで綺麗にすると、説明書の図解を頼りにしながら、なんとか実際にやってみる自信がつくまで空想の蝶に何度も複雑な手術を施してみました。問題は、半分以上の修理法に「密閉用接着剤の使用」が、そしてすべての修理法に「蘇生液の投与」が必要なことでした。密閉用接着剤の使用というのは、紙を糊でくっつけるのと非常によく似ていました。そして蘇生液の投与とは、箱に入った小瓶の片方からコルクを抜いて蝶のすぐそばに置き、命が蘇るのを見守ることでした。しかし、「密閉用接着剤」と「蘇生液」が入っていたはずの小瓶はどちらも、今はすっかり空っぽになってしまっているのでした。蝶を蘇らせるためには、バクスター君は接着剤と液薬をなんとか手に入れなくてはならないのです。それが叶わない限り、いくらあの博物館からどうやって蝶を自分の部屋に持ち帰ろうかと頭を悩ませても、まったく意味がないのでした。

地域の電話帳をめくっても「蝶の修理屋」など見付かりはしませんでしたし、大きな古い辞書を開いてみたところで、どこにも見当たりません。バクスター君はあれこれ考えると、きっとあまりにも古いせいでもうすっかり消えてしまったか、でなければ秘密として扱われ、どんなに立派な本の中でも名前が囁《ささや》かれることがない存在なのに違いないという結論に至りました。

バクスター君がふと発見をしたのは、ちょうどいい接着剤や液薬を探すことをすっかり諦めかけたそのときのことでした。箱の蓋の小瓶を留めている革紐を引っ張ったときに内張りの絹が剝《は》がれ、そこに現れた剝き出しの木の表面に、こんな文字が印刷されていたのです。「蝶の修理用品　ワトキンス&ドナルド　ロンドンW一一　ハートリー通り一一九番地」

バクスター君はどこかに古いロンドン地図を持っていましたが、とにかくあれこれと物が多い部屋ですから、探し出すにはずいぶん時間がかかりました。屋根裏部屋に積み上げられた一九五〇年代のレスリング雑誌の山に紛《まぎ》れていたのです。バクスター君はそれを自分の部屋に持ってきて床に広げると、ハートリー通りがウエストボーン・グローブとポートベロ通りの間あたりにあることをすぐに突き止めました。そこで次の土曜、彼は毎週末と同じように博物館や古物店や慈善バザーを回って過ごすのをやめて、ロンドンのパディントン駅行きの電車に乗り込みました。そして地図を目の前に広げながら、まだこの国に存在する蝶の修理屋たちに物を売ってくれる最大の用品店が見付かりますようにと願いながら、迷路のような街路を歩いていったのです。

ハートリー通りは片側にテラス・ハウスが建ち、もう片側には二ブロックほどアパートメントが並んでいる、見たところごくごく普通の通りでした。端に立って見回してみたところで、とても蝶の薬が手に入るような場所には思えないのです。家々につけられた番地を確かめながらバクスター君が歩いていくと、やがて前方に数軒ほど店が並んでいるのが見えてきました。しかし前まで辿《たど》り着いてみて、彼はがっくりと落ち込みました。並んでいたのはパブと新聞屋、コインランドリー、そして薬局だったのです。どこの街に行っても見掛けるような店ばかりです。バクスター君が期待していたような薄暗い戸口も、ひそひそ声で話をするインターホンも、まったく見当たりません。

薬局の戸口の頭上に貼られたガラスに、「１１９」と金色の金属で数字が付いていました。窓辺にはびっしりと、白髪染めの箱が並べられています。どの箱にも濃いブラウンの髪の中年の紳士が印刷され、外の世界に向けてにっこりと微笑み掛けているのでした。これにはバクスター君も、すこし驚きました。女性が髪を染めるのは知っていましたが、男性もそうするのだとは知らなかったからです。とはいえ発見といっても、大発見というわけではありません。しかしバクスター君は、もしかしたら今日の目的と同じくらい面白い発見になるのではないかと思ったのでした。

何はともあれ、ちょっと覗いてみてから帰ったところで罰が当たるわけではありません。上に取り付けられた小さなベルを鳴らしながらドアを押し開けてカウンターへと歩いていくと、奥に吊られたカーテンの向こうから五、六十代ほどに見えるインド人の男が出てきたのでした。かなりの痩せ形で、波打つ白髪の親切そうな人物です。バクスター君はその様子を見て、窓辺に並んだ白髪染めで店主も染めてみてはどうかと思わずにはいられませんでした。考えてみても、店主が白髪を気に入っているのではない限り、染めない理由が何も見つからないのです。

「探しものかね？」店主が訊ねました。

バクスター君は、答えがまとまらずにまごつきました。まだ白髪のことと、人がそれを染めようと思わない理由のことが頭を離れなかったのです。彼はもしかしたら「蝶用接着剤」や「蘇生液」と書かれたものが見つからないかと左右の棚を見回してみましたが、並んでいるのは歯磨き粉や、アスピリンや、インフルエンザの薬など、いかにも薬局にありそうなものばかりなのでした。

自分でも気付かないうちにバクスター君は、両手を目の前のカウンターに突いていました――気を失って倒れないようにそうしたのかもしれません。彼が身を乗り出すと、店主も同じように乗り出してきました。

「ちょっと必要なものがあるんです」バクスター君は、声を潜めて言いました。

店主は、顔色ひとつ変えずに「その必要なものとは、いったいなんだね？」と囁き返しました。

バクスター君はさらに体を乗り出すと、白い癖毛にすっかり覆われた店主のすぐ耳元に口を寄せました。

「蝶の修理屋に必要なものです」

店主は体をまっすぐ起こすと、まったき狂人でも見るような目つきでバクスター君を見詰め返しました。見る限り、店主の顔には話が通じたような様子は微塵もありません。むしろ、警察を呼ぼうか迷っているような顔にも見えるほどなのです。バクスター君はほとんど諦めかけましたが、ふと考え直しました。わざわざ長い道のりをここまで来た上にあんな間抜けなことを言ってしまったわけですし、もうわずかな自尊心を除けば失うものなど何もないはずです。彼は上着のポケットの中に手を突っ込むと、蝶の修理道具の箱から持ってきた二本の空瓶を取り出しました。しっかり見えるよう、高く掲げてみせます。店主は一本ずつ、じっくりと瓶を見詰めました。そしてバクスター君の背後の戸口をちらりと目で確かめるとカーテンを開け、その先をあごで示しました。

「あっちだよ」

連れていかれた先は、食器室《パントリー》と大して変わらない小さな部屋でした。四方の壁に取り付けられた棚には、錠剤の入った容器やべとべとする湿布薬の箱などがところ狭しと収納されています。店主は何も言わずに、古びた木の戸棚へと歩み寄っていきました。彼が上着のポケットから小さな鍵を取り出して両開きの扉を開くと、水薬や他の薬品や、古代の治療薬をしまい込んだ失われた世界があらわになりました。半分の容器には、樹皮や乾燥ハーブなどが入っているようです。残りの容器は、風変わりな色をした油で満たされていました。店主はバクスター君の手から二本の小瓶を取るとじっと眺めてから、作業台の上に置きました。

「どのくらい欲しいんだね？」彼が訊ねました。

そう言われても、バクスター君には見当もつきません。

「じゃあ言葉を変えようか」店主はその様子を見ると、言葉を続けました。「修理したい蝶は何匹いるんだね？」

あまりに店主があけすけに訊くものですから、バクスター君はいささかたじろぎました。そして、博物館の壁で見たあの蝶のモザイクを思い出そうとしました。「千匹はいると思います」肩をすくめながら、そう答えます。

店主はどうやらバクスター君の言葉に驚いたのか、眉を上げて口笛を吹いてみせました。それから戸棚のほうに向き直ると、何かシロップのようなものが入った大きな容器を取り出して、それを作業台に置いたのです。蓋をひねって開けると中身を匙ですくい、ちょうどジャム瓶くらいの大きさをした小瓶へと移し替えていきます。

「質問していいかね」店主は手を休めずに言いました。「いったいその道具をどこで手に入れたのかな？」

「がらくた屋でですよ」バクスター君は、きっとこれを聞いたらモンティ氏が怒り狂うだろうと思いながら、そう答えました。

「それは掘り出し物だったな」店主はそう言うと、ぎゅっと瓶の蓋を閉じました。「どうすればいいかは分かっているのかい？」

理由は分かりませんが、バクスター君はそう訊かれて胸を射貫かれたような気持ちになりました。そして、あんなに何度も想い描いたはずの蝶の修理が自分に本当にできるのかと、不安でどうしようもなくなってきてしまったのでした。「ええと、なんとなくですけれども」と、ようやく答える。

「まあ、心配はないとも」店主が言いました。「説明書どおりにやればいい。あんまりたくさん糊を使わんようにな」

それから彼はまた戸棚のほうを向いて大きな茶色の瓶を取り出しました。さっきの瓶よりも、よほど慎重に扱っているようです。瓶から顔を背けるようにして、口にはまった大きなコルクを抜こうとしつつ、店主がふと手を止めました。

「これが蘇生液だよ」そう言って、すこし口ごもります。「分かると思うが、安いもんじゃない」

バクスター君はそれを聞くと、心の中で落胆しました。「おいくらなんでしょうか?」

「だいたい、君の思っているくらいの数字だよ……」店主はそう言うと、さっと暗算しました。「まあ、ざっと百五十ポンドってところかね」

バクスター君は愕然としました。そんな大金、とてもとても用意できたものではありません。ようやくすこしずつ胸に芽生えてきた希望は、あっという間に潰《つい》えてしまったのでした。

白髪頭の店主は、バクスター君の気持ちを察して言いました。

「ちょいと高すぎるというのなら、他の方法もある」

ぜひそれを聞かせて欲しいと、バクスター君は頼みました。

「ハッカだよ」店主が言いました。

しかし、バクスター君にはわけが分かりませんでした。

「咳止めドロップを何分か舐めてから、息を吐き出すのさ」店主が説明しました。

唇をすぼめ、手のひらにそっと息を吹きかけてみせます。

「本当にそんなことで？」バクスター君は言いました。

店主はうなずくと「ああ、そうとも」と答えました。

老人はカーテンから顔を出すと誰にも見られていないのを確かめ、それからバクスター君を売り場へと戻しました。そしてひとにぎりの咳止めドロップを棚から取り出すと接着剤の入った小瓶と一緒に茶色い紙袋にしまい、まとめて金額を計算しました。

お会計は、ぜんぶ合わせても五ポンド足らずでした。カウンターの向こうに立つ老人は、ふたたびただの薬屋の主人の顔に戻っていました。バクスター君はお金を支払って紙袋を受け取ると、店主に礼を言って戸口へと向かいました。そして、ドアの手前で立ち止まると振り返りました。

「ひとつ訊ねてもいいでしょうか？」彼が言いました。

店主はうなずくと「言ってごらん」と答えました。

バクスター君はどう訊ねたものかと頭を悩ませながら言いました。「そのう……おじさんも実際にやったことがあるんでしょうか？　ちゃんとできるか自信がないんです」

店主は、しばらく考え込んでから答えました。「何ごとも同じだとも。自信というものは、やりながらつけていくもんだ」

いよいよ実践へと乗り出す準備には、一週間もかかりませんでした。バクスター君は二度に分けて別々の日に博物館を訪れると入念に下調べをしてから自分の部屋に戻り、建物内部の図面を描いてどんな経路を通るか計画を練り、それから何時何分に博物館のどこにいるべきかを事細かに書き出していったのです。

最大の難題は、あの蝶たちを運び出す方法でした。まだ実際に修理をしたことが一度もないにせよ、博物館と自宅との間で大きな損傷を蝶たちに与えてしまえば、蘇生できる望みが減ってしまうのは考えるまでもありません。最初に思い付いたのは、古いクリケット用バッグを使うことでした。そして次に、それよりもベッドからシーツを剝がしてその中に蝶たちをくるんでしまってはどうだろうかと考えました。ですが最後には、前の夏に慈善バザーで買ってきたキャンバス地のリュックサックを使うことに決めたのでした。きっとそのリュックくらいの大きさがあれば蝶たちを残らずしまうことができるし、街を歩いても不用意に人目を引くことはないだろうと考えたのです。後になって、山ほどある小さな茶封筒も使ってはどうかとも思い付きました。前の一月に文房具店の閉店セールで大きな箱で買ってきたのですが、いつか使える日が来るかもしれないと思って取ってあったのです。

金曜日、彼は五分もかけずに大急ぎで学校から駆け戻ると、前の晩に準備しておいたリュックサックをかつぎ、ゴミ捨て場に散歩に行くが二時間ほどで戻ると父親に書き置きを残しました。そして閉館の三十分前に博物館に到着すると、まずは他の来館者たちに紛れ込むため、五分ほどかけて館内をぶらぶらと歩き回りました。そして紳士用トイレに滑り込むとどの個室にも人がいないのを確かめてから、下調べで見付けておいた掃除用具入れの扉を開き、物音を立てないようにして中に身を隠したのでした。

彼が見る限り、その掃除用具入れはかれこれ数年間は放置されているようでした。バクスター君は何だか用具入れのことを可哀想に感じながらリュックサックを抱いて床にしゃがみ込むと、もしかしたらまたこうして役割を持つことのできた用具入れは喜んでいるんじゃないかと思いました。五時になるときっかりちょうどに誰かが紳士用トイレを覗き込み「誰もいませんね?」と大声で呼びかけ、電気を消して立ち去っていきました。ドアはバネの力でゆっくりと閉じていきました。バクスター君は、それからさらに二十分間じっとしていました。暗闇の中に座ったまま、最後にもう一度、計画をおさらいしたのです。そうしながら、心を奮い立たせようとチョコバーを一本食べました。そして冬眠から目覚めた動物のように這い出すと、前もって計画していたとおりに洗面台のところでまた二十分待ったのでした。

リュックサックを拾い上げ、トイレから顔を出して館内に耳を澄ませます。何も聞こえません。バクスター君は足音を殺して暗い館内に歩み出ると、廊下の一本を選んで進みはじめました。半分電気を落とされた博物館は、まるで別の場所のようです。何もかもぼんやりとして物恐ろしく、ガラスの陳列棚には、まるで昼間とは全然違う獣や工芸品の数々が陳列されているかのように感じられました。

廊下の中ほどで彼は立ち止まると、古い炭鉱作業用のヘルメットを取り出してかぶりました。これは、何年か前にモンティ氏の店で買い求め、ときどきベッドで読書をするのに使っていたもの。真正面のつばの上あたりに、ヘッドランプが取り付けてあるのです。もう一度、じっと長いこと耳を澄ませてから、バクスター君は暗闇に向けて「もしもし」と呼びかけてみました。応える人は誰もいません。彼はさらにすこしの間待ってから、ヘルメットについたヘッドランプのスイッチを入れました。

目の前に置かれた陳列棚が、ぱっとまばゆく照らし出されました。その中にとまっているつがいのフクロウが、やけに横柄な態度で彼を睨《にら》み付けていました。バクスター君が必死にそちらを見ないようにしながら廊下を進んでいくと、フクロウの影はゆっくりと動きながら、やがてまた暗がりに消えていったのでした。

まるで古びた骨や割れた陶器の破片たちがバクスター君の姿に気付き、電気の落とされた館内を忍び歩く侵入者に見えない警告でも発しているかのよう。バクスター君は、手錠の飾られた陳列棚を見ないように顔を背けました。自分が捕まるところを想像すると、とても怖いのです。

ようやく大きな白い部屋に足を踏み入れると、ヘルメットに取り付けたヘッドランプが発する光がたちまち大きく広がり、あたりを照らし出しました。まるで鍾乳洞に行き当たった洞窟探検家のようです。あの巨大な蝶はまだ同じ場所にありました——ピンで同じ場所に留められたままで。バクスター君は忍び足でその前に歩み寄りました。一匹の蝶のまん前に顔を近付けます。漆黒《しっこく》の二枚の羽に、青と金色が混ざり合っているのが見えました。

「さあて、どうしたものかな」彼はつぶやきました。

これ以上蝶を傷付けずにピンを抜くにはどうすればいいのかしばらく考えたバクスター君は、親指と中指の爪でピンの頭の付け根を挟んで一気に引き抜くと、蝶ごとピンを壁から抜くことができるのを発見しました。後は蝶からピンを抜いて一匹ずつ茶封筒にしまえばいいのですから、簡単な話です。最初の三、四匹を、彼はじっくりと観察してみました。開いている穴はどれも、ごくごく小さなものばかりです。作業を続けながら、彼はそれまでにも幾度となく考えた疑問をふたたび胸に呼び起こしました。こんなにもしっかりと磔《はりつけ》にされた蝶の命を蘇らせることなど、本当にできるのでしょうか。

三十分ほど集中し続けているうちに、バクスター君は頭がくらくらしてきました。そして一時間が過ぎるころには、指先が痛くてたまらなくなってきました。壁から引き抜いて一匹ずつ封筒にしまい込んだ蝶の数は、もう全体の三分の二以上に達しています。残りの蝶は、もう高くて手が届きません。そこでバクスター君は、何か踏み台になるようなものがないかと探しはじめました。

彼はヘルメットをかぶったまま博物館の中をくまなく歩き回ってみましたが、椅子もスツールも、ひとつとして見当たりはしませんでした。唯一使えそうなものといえば、古い北極熊だけなのです。彼はそれを引きずってくると台座を押して、展示室の壁にぴったりとくっつけました。高さはちょうど良さそうです。熊の両肩に足をかけると、上がっている熊の両手が彼のすねを落ちないように支えてくれているかのように感じられ、どうしても出なかった勇気がバクスター君の胸に湧き起こってきました。

それから三十分後、バクスター君は最後の蝶を茶封筒にしまい込みました。後に残されたのは壁一面に蝶の形で残された千もの小さな穴と、床に散らばった千本ものピンばかりです。北極熊はくたびれ切ったような様子で、壁にもたれかかっていました。きっと翌朝になって出勤してきた館長の目には、北極熊が雪のように白い展示室まで這いずり出してきて深夜の晩餐会を開き、蝶たちを食べ尽くしてしまったように映ることでしょう。何が行われたにせよ、この北極熊がひと役買っていたのは明白。しかし熊は博物館にいる他の動物たちと同様、じっと押し黙っているばかりなのです。

バクスター君は表通りに忍び出ると、博物館の扉を閉めました。リュックサックはいっぱいでしたが、大して重くはありません。大事な封筒が入っているのです、彼は一歩一歩慎重に歩いていきました。まるで、蝶を届ける郵便配達人にでもなったような気持ちです。彼は後ろめたいことがなさそうに見えるようまっすぐに顔を上げながら足を運び続け、自宅まであと百ヤードを切るまでは万事順調に進んでいきました。しかしそこで、偶然犬の散歩に出ていた隣人のマトロックさんと出くわしてしまったのです。

「やあ、バクスター少年じゃないか」マトロックさんが言いました。「キャンプにでも出掛けてたのかね？」

バクスター君は、マトロックさんがあまり好きではありませんでした。いつも笑顔でいる割に、どうも心根が悪そうに思えてならないのです。

「新しく買ったリュックなんです」バクスター君は言いました。「だから試運転中なんですよ。ブロックのまわりをぐるぐると何周か」

マトロックさんは微笑みましたが、その瞳はまるでドードー鳥の目みたいに死んでいました。その目にはいつも、彼の心の内が表れているのでした――まるで、バクスター君の家などブルドーザーで押しつぶしてお前も父親も街から放り出してやることが自分にはできるのだぞ、とでも考えているかのように。

バクスター君はおやすみなさいと挨拶をするとまた歩きだし、家に入るやいなやこっそり自分の部屋に上がってドアに鍵をかけました。リュックサックの口を留めていたストラップをほどいて千枚もの封筒を出すと、ベッドはもう溢れんばかり。ミルトン・スパフォードの殺蝶容器に閉じ込められたおぞましい瞬間以来、この蝶たちを解き放つその時はもはや目前なのだと、バクスター君の胸に予感がよぎりました。ふたたび蝶たちが宙を舞うことができるかは、今や彼の手にかかっているのでした。

バクスター君はベッドの下から例の道具箱を引っ張り出すと、古びた机の上に置きました。椅子の高さを調節し、ランプを点け、ベッドのほうに身を伸ばし、封筒の山のてっぺんからひとつを手に取ります。そして拡大鏡を取り出すと、まるで片眼鏡のように片目にあてました。いよいよ始まりです。

ピンの刺さっていたところには小さな穴が開いており、裏側のピンの出口は、ごくわずかに裂けていました。バクスター君はこの裂け目を利用してピンセットで皮をめくり、余計な傷をつけることなく内部を覗くことができたのでした。彼の見る限り筋肉や内部組織はほとんど無事な様子。説明書どおりだとするならば、傷をていねいに接合し、接着剤と蘇生液を使えばそれでいいはずです。

最初の蝶は珍しいほどにひらひらとした、黒と琥珀《こはく》色が入り混じった羽を持っていました。バクスター君は注意深く修復を行い接着剤を塗布するとそれを数分ほどかけて乾燥させてから、意を決して蘇生に取り掛かることにしました。そしてすっかり接着剤が固まったころだと確信すると、最初の咳止めドロップの包みをほどいて口の中に滑り込ませたのでした。薬品めいたその味がすっかり舌に染み渡り鼻がむずむずしだすまで、じっくりとドロップを舐めます。それから、あの薬局で店主がやってみせてくれたように、片手に蝶を載せました。顔の前十五センチほどのところまで蝶を寄せて、何度か上あごに咳止めドロップを擦《こす》り付け、ハッカの香りのする温かな息を優しく吹きかけます。

何も起きることなく、数秒が過ぎました。蝶はあの博物館の壁に留められていたとき同様、うんともすんともいわずにじっとしています。バクスター君は胸の中に失望の波が押し寄せるのを感じました。しかし、もう一度息を吹きかけようとしたそのとき、とつぜん蝶の羽が動きだすのが見えたのです。蝶は小さな触角をぴくぴくさせ、六本の細い脚を震わせています。そして優雅な生き物はゆっくりと羽を広げ、バクスター君の手の上ではばたきだしたのでした。

つい数分前までは美しくも命の抜け殻だった蝶を見ながら、バクスター君は声をあげて笑いだしていました。なんと言っても、ずっと夢に見続けてきたことを今、確かに目《ま》の当たりにしているのです。蝶に生命の息吹をふたたび与えることができたのです。それから十分のうちに、彼は失敗することなく十四以上の蝶を蘇生させました。蝶たちは命を取り戻すと、嬉しそうに彼の部屋を飛び回りました。バクスター君は有頂天になりましたが、すぐにこのままではまずいと気付き、蝶たちを一匹ずつ両手でくるむようにして捕まえて、部屋の隅に設えられた階段を上って屋根裏部屋へと連れていきました。そしてそれからは、蝶が一匹ずつ命の兆《きざ》しを見せはじめると屋根裏部屋に続く撥《は》ね上げ戸を開き、すでに生き返った蝶たちの群れの中に放ってやるのでした。

バクスター君は拡大鏡を片目にはめたまま、そうして蝶たちを優しく摘み上げ、傷口を繕《つくろ》ってふさぎ、ひと晩じゅう作業を続けました。封筒の中にはときどき他の蝶よりもひどい損傷を負った蝶が入っており、そのたびにバクスター君は説明書を開いては、さらに風変わりな手術器具を持ち出してくるのでした。朝を迎えるころにはざっと見積もって三百匹ほどの蝶を蘇らせており、彼は階下に行って朝食を摂ろうと決めました。自分にも命を吹き込まねばなりませんから。

三十分ほどで、彼はまた手術台代わりのテーブルに戻りました。午前の半ばには買ってきた咳止めドロップを五袋すべて舐め切ってしまい、こっそり雑貨屋に出掛けて行き、たっぷり一ダースも新たに買い込んでこなくてはなりませんでした。カウンターに立っていた女性は「そんなに咳がひどいなら、お医者にかからなくちゃだよ」と言いましたが、バクスター君はドロップが好きなんですと答えました。そのころには、とても好きだと言えるような気持ちではなくなっていたのですが。

その日はずっと、ほとんど休みもせずに彼は修理を続けました。椅子を立つのは二時間に一度、腕と脚を伸ばすために室内を歩き回るときだけです。そうしてひと休みするたびに、ベッドの上いっぱいに積み上がった封筒の山が徐々に小さくなっていくのが分かりました。そして窓から表を覗いてみるたびに、太陽がすこしずつ地平へと動いているのでした。

最大の困難に彼が直面したのは、まるで孔雀のように鮮やかな青緑色《ターコイズ》をした、とりわけ大きな蝶の羽を直した後のことでした。ハッカの息を吹きかけて蝶が命を取り戻した刹那《せつな》、片方の羽だけがどうも妙な具合であるのに気付いたのです。指の間に挟まれて羽ばたき、身悶えする蝶を修理するのはひと苦労です。ですからバクスター君はその修理を終えて蝶がすっかり元気になったのを確かめると、これからは完全に修理を終えたのをちゃんと確認してから命を吹き込もうと胸に誓ったのでした。

土曜の六時か七時ごろになって彼は夕食のために階下に降りましたが、まだ開けていない封筒が残りわずかであることを思うと、胸が躍るあまりに一刻も早く部屋に戻りたくてたまらないのでした。そこから最後までの数時間は、疲れ目との闘いでした。視界がひどくぼやける上に、猛烈な頭痛に襲われたのです。最後の一匹を修理し終えて蘇生させ、屋根裏部屋に放すころには、もうすっかり深夜を回っていました。まるで、マラソンを走り終えたような気分です。バクスター君はベッドに寝転がると、すくなくともぜんぶで二百個は咳止めドロップを舐め切ったに違いないと計算しました。口内に染み付いたドロップの味が、消えてくれる気がしません。バクスター君は瞼《まぶた》を閉じました。ほんの一秒だけ閉じずにはいられなかったのです。そして一分も経たないうちに、眠りに落ちてしまっていたのでした。

驚いて飛び起きたのは、四時間が経ってからのことでした。太陽はすでに昇りかけています。時計を見てみると、もう六時になろうかというところでした。体を起こし、自分が確かに目を覚ましていて頭もしゃっきりしているのを確かめると部屋の隅に行き、静かに木の階段を上りました。

きっと蝶が乱舞していることだろうと思いながら、ゆっくりと撥ね上げ戸を開きます。しかし屋根裏部屋は、ひっそりと静まり返っていました。バクスター君は最後の数段を上って屋根裏に入り、戸を閉めました。立ち尽くすと、とつぜん猛烈な恐怖に襲われました。もしかしたらあの蝶たちは、勢揃いした姿を彼が目にするのも待たずにどこかに飛び去ってしまったか、そうでなければほんの刹那だけ命を取り戻した末にまた眠りに就いてしまったのかもしれません。ですが、だんだんと目が暗闇になれていくにしたがい、バクスター君には見えてきたのです——古いテープレコーダーや壊れたラジオの上をびっしりと覆い尽くし、まるで彼が来るのを待っていたかのように、ゆったりと羽を上下に揺らしている蝶たちの姿が。

バクスター君は慎重に天窓に歩み寄ると、押し開けました。それからゆっくりと奥の壁へと向けて戻っていきました。それから一分間、部屋は先ほどまでと変わらぬ静寂に包まれていました。遙か下でだんだんと目を覚ましていく街の物音だけが聞こえる中、バクスター君は屋根裏部屋で蝶に囲まれていたのでした。連なる屋根の上に向けて太陽は昇り続け、天窓からはかすかな風が吹き込んできます。蝶たちがざわめきはじめました。最初の数匹が舞い上がると、垂木のあたりを飛び回りだします。すると残りの蝶たちもそれに続いて羽を広げました。すぐに屋根裏部屋は、ありとあらゆる色と模様に彩られた蝶たちで溢れ返りました。そして、数匹の蝶が天窓から陽光の中に躍り出ると他の蝶たちもいっせいにそれに続き、たおやかな命は瞬《また》く間にひとつ残らず部屋の外へと飛び出していったのです。

バクスター君は開けっぱなしの天窓に駆け寄ると、飛び去っていく蝶たちを眺めました。蝶たちは大きな雲のように群れて、街の上空を越えていきました。まるで、向かうべき方向を知っているみたいに。まるで、なすべきことを知っているみたいに。

同日の後刻、北方にウィールド地方が、そして南方に海が広がる丘陵地帯《ダウンズ》の何もない丘肌にいた、芸術家であり蝶収集家のミルトン・スパフォードは、十フィートほど離れたところに珍しい蝶が一匹いるのを見つけて立ち上がりました。

その日初めての獲物です。彼は、蝶取り網の柄を右手で握りしめました。左手には、殺蝶容器を持っています。獲物をじっと視線の先に捉えたまま、彼はじわじわと忍び寄っていきました。まるでひと組の若葉のような薄緑色をした蝶の羽を見てミルトンはもう、あの蝶をすっかり命なきものにして博物館の壁にピンで留めたらどんなだろうかと想像せずにはいられませんでした。網の届くところまで歩み寄り、食事中の蝶をしばし見詰めます。そして、網を掲げました——千匹の蝶を捕らえてきたのと、まったく同じその網を。

「お前は、私と一緒に家に帰るんだよ」ミルトンが囁きました。

しかし、いよいよ網を振り下ろそうとしたそのとき、暗い影が音もなく彼の全身を覆ったのです。いきなりあたりの気温が下がりました。消えた太陽を求めてミルトンが空を仰ぐと、そこには巨大な蝶のシルエットが浮かんでいました。彼が息の根を止めた千匹の蝶でこつこつと作り上げた、あの蝶とまったく同じシルエットが。

ミルトンは、網を取り落としました。殺蝶容器が丘肌を転がり落ちていきます。巨大な蝶は、二対の羽でゆったりと羽ばたいています。自らが生み出した奇怪な生物を見上げて息を呑むミルトン・スパフォードの頭上から巨大な蝶が覆い被さり、彼の体をすっぽりとくるみ込んですっかり押し包んでしまいました。

ミルトンがいくらもがいても、一分ともたなかったに違いありません。彼が助けを求めて叫ぼうと最後の息を振り絞っても、その声は蝶たちの中でくぐもり、静かに消え果てていったのです。最期の刹那は、色の氾濫でした。自らの蝶たちに囲まれ彼は生きていました。そして蝶収集家はやがてこときれると、命を失った肉体が地面に落ちたのでした。

ミルトンは、まるで深い眠りの中にいるかのような姿で草地に横たわっていました。しばらくしてひとりの老女がそこに出くわしたのですが、彼女は怪し気なものなど何ひとつ見はしませんでした。調査の際に、彼女はこう話したのです。天気は実にうららかで太陽は天に高く、おだやかな風が吹き、あたり一面には何百匹もの蝶が舞っていたと。

隠者求む

Hermit wanted

裕福に生まれつく者がいる。生まれてから裕福になる者もいる。それ以外の人びとは、そう幸運とは言いがたい。ジャイルズとヴァージニアのジャーヴィス夫妻は、幸運なほうの人びとであった。街での仕事で富の山を築いたジャイルズと、両親からうなるほどの遺産を相続したジニー。だからふたりの結婚はまるで、ふたつの銀行の金庫室が合体する轟音が国に鳴り響くようなできごとだった。

ふたりは、田舎に古い大きな屋敷を買い求めた。屋敷には部屋が何十とあり、両側に石柱が立つ正面玄関までは、木々に囲まれた何百エーカーという敷地を抜けて長い長い砂利の車道が走っていた。ふたりは何世紀か昔の大地主とその妻が送ったような暮らしを自分たちもしたいと思い、鹿園を作り、いくつか装飾用の建物《フォリー》を建て、芝生を敷いたクロッケー場を作ってそこに孔雀たちを放つと、さらに料理や掃除洗濯を何もかもさせて自分たちの手にした巨万の富に相応《ふさわ》しい尊敬を払わせるために、使用人をたくさん雇い込んだのだった。

ある土曜日の朝、森の今まで出掛けたことのないあたりを馬で散策していたジニーは、じめじめとした小さな洞穴があるのを発見した。馬を下り、そろそろと入り口に近づき中を覗き込んでみる。

「誰かいるの？」彼女は呼びかけた。

しばらく待ってから馬の背にまたがると、興奮をほとんど抑えきれず、屋敷に向けて走らせたのだった。そして玄関の前に馬を乗り捨てて泥だらけのブーツのまま、まっすぐ階段に駆け寄った。

「ジャイルズ！　ジャイルズ、ねえあなた！」彼女がそう叫ぶ声は高い天井に響き、廊下の隅々にまで行き渡った。

夫は、もしかしたらジニーがやかましい孔雀を撃とうとしてうっかり地元の住人を射殺してしまったとか、そんな恐ろしい事件でも起こしたのに違いないと思い込み、手すりの上から顔を出した。しかし、見付けた妻は嬉し気に顔を輝かせているではないか。

「洞穴《ほらあな》を見付けたのよ」彼女が言った。

予想だにしていなかった言葉を聞いたジャイルズは、しばらく迷いながらちょうどいいような返事を探した。

「それはおめでとう」ようやく言葉を返す。

「私たち、隠者を連れてきてあそこに棲まわせなくちゃだわ」ジニーが力説した。「昔の貴族たちがやっていたみたいに」

妻と違って歴史の授業などに一度たりとも興味を持ったことが無いジャイルズは、隠者というものを知らなかった。隠者がいったい何のためのものなのか、まったく知らなかったのだ。しかし、さらに言えば、ジニーが昼間も夕食の間もずっとしていた説明を聞く限り、かつて人びとが隠者を住まわせたことに特段の理由はないのだという。あるとすれば、それは人里離れた自然のうちに孤独の生活を送る彼らを眺めたり、たいていは使い途《みち》のないまま放置されている洞穴を利用したりするためだった。

最初のうち、ジャイルズは話を聞いても当惑するばかりであった。だがものの数日のうちに、彼にもこの考えがとても新奇なものに思えてきた。そして週が終わりを迎えるころにはすっかりどうしても隠者が必要だという気分になり、どうしてもっと早くこのことを教えてくれる者がいなかったのかと、憤《いきどお》りすら覚えるようになっていたのだった。

翌週、ふたりは地元紙の求人欄に次のような広告を出した。

食住完備。

壮麗な職場環境。

寡黙な人向き。

その下には、意欲的な隠遁志願者のためにふたりの名前と住所が添えられていた。

きっとどしどし志願者が来るものと、ジャーヴィス夫妻の胸は希望に高鳴った。何しろ、日がな一日ただ座して物思いに耽《ふけ》ってさえいれば食事も住処も与えられるという仕事など、他にありはしないのだ。だから丸一週間が経ってもひとつも申し込みが届かないのを見て、夫婦は正直驚き、やや失望した。こんな妙なことがあるものだろうか？　いや、これはひどく無礼な話ではないだろうか？　ありとあらゆる条件が整った洞穴を差し出すというのに、一般庶民は傲慢にもそれを受け取ろうとしないのである。

ジニーはぼんやりと、あの洞穴を岩屋に改造して妖精の目撃談をいくつかでっちあげ、人びとを呼び寄せたらどうかと考えてみた。でなければ、いっそのこと見たくもない不要物を放り込んでおくのに使ったらどうだろう。しかし次の火曜日、いくつもある居間のひとつで紅茶を飲みながらラジオでコンサートを楽しんでいる夫婦のところにひとりのメイドが来ると、何やら粗末な身なりをした男が裏口におり、隠者の仕事はまだ募集しているか訊ねていると告げたのである。

ジニーは小さな叫び声をあげた――まるで引きずられていく小型犬の悲鳴のような妙な声だが、彼女は強い歓喜を覚えるとよくそんな嬌声を漏らすのだった。ジャイルズは、近ごろでは滅多なことでは妻が聞かせてくれないその大好きな声を耳にすると、自分も同じ気持ちだと示そうとして太ももを叩き、低い声で大笑いしてみせた。

ジニーとジャイルズはその男を図書室に通すようにメイドに告げ、数分ほどしてから自分たちもそこに向かった。男は、割と歳を取っており――五、六十代といったところだろうか――ずらりと並んだ本棚の前で、まるで本の牢獄に放り込まれたかのような顔をして呆気に取られた様子で立ち尽くしていた。

「本はお読みになるの？」ジニーはまず、話のとっかかりに訊ねてみた。

男は振り返ると、その話題には大した関心がないといった様子で肩をすくめてみせた。

「なるほど」ジニーが答えた。「読書の時間を作るのも大変ですものね」

喋りながら彼女は、この新米隠者の姿をざっと観察してみた。かなりみすぼらしい風体の男だが、隠者とはみすぼらしいものであることを思うと、これはまったく問題ではなかった。だが、年月をかけて彼に染みついたすえた悪臭は問題だ。布張りをした家具を駄目にされてしまうかもしれないと感じたジニーは、そのほうが後で擦《こす》り洗いをするのが楽だろうと思い、彼のために木の椅子をひとつ用意してやった。なんなら、後で燃やしてしまってもいい。

ジャイルズとジニーは巨大なソファのひとつに並んで腰を下ろすと、まだ豪奢な室内に目を瞠《みは》っている客人の姿をしばらく眺め回した。

「あなたは信心深い方かしら？」やがて、ジニーが口を開いた。

男はしばらく考え込んでからまた肩をすくめ、「そういうわけでもないね」と答えた。

ジニーの見たところこの客人はどうも、お喋りというものにいささか不慣れであるらしい。彼女は言った。「でもお気を悪くなさらないで欲しいのだけど、あなたを見ていると、どこか考え深いところがあるように思えるのよ」

男は、しばらく考え込んでから「まあな」と答え、うなずいた。「わしにもたまにはあれこれ考えたりしたいときがあるからね」

ジニーは、この男にそんなものがあるのだろうかと疑っていた知性が彼の中にあるのをようやく確かめたといった様子で微笑むと、それを合図にして、この仕事にともなうあれこれについてさらに突っ込んだ話に移った。自分たちは洞穴をひとつ持っており、そこに誰かを住まわせたいのだと彼女は説明した。髪を伸ばし、孤独な隠者の生き方をすることができる誰かを。

みすぼらしい男は話にうなずきながら、さらに室内を眺め回した。

「つまり、顔を剃《そ》ったり、髪を整えたり、爪を切ったりはしないで頂きたいということなの」ジニーが申し渡した。「野蛮な身なりでいて頂きたいのよ」

男はまたうなずいた。

「そして洞穴やその周辺から決して離れないこと」ジャイルズが口を挟んだ。万が一この男に、洞穴に住むという計画の全貌を微塵でも誤解されてしまっては困る。

男がもう一度うなずくと三人はまたしばらく無言になったが、男はやがて、いきなり声を取り戻したかのように喋りだした。

「そのう……広告には、飯のことが何か書いてあったけど……」

「ああ、そのことね」ジニーがうなずいた。「それなら係の者が毎朝届けるわ。そうね、ちょっとしたパンやチーズとか――だいたいそんな感じのものを」

パンとチーズという言葉を聞いてこの老輩は活気づいたようで、姿勢を正すよう命じられた兵士のように、やにわに立ち上がった。

「分かったよ」男が言った。

「ありがとう」ジニーはそう言うと、ジャイルズと一緒にソファから立ち上がった。「いつから始められるの?」

男は上着の袖をずり上げると、まるで突如そこに腕時計が現れたかのようにじっと手首を見詰めた。

「なんなら、すぐにでも構わないよ」彼が言った。

ジャイルズとジニーはそれを聞くと男と連れ立ってクロークルームへと向かい、そこで長靴に履き替えた。そして三人で裏口から表に出ると、森のほうに向かって歩きだしたのだった。歩きながらジニーは新たに雇い入れた新米隠者に向けて、どのような立ち居振る舞いが求められるのか言葉を尽くしてとくと語り聞かせた。沈思瞑想なのよ、と彼女は言った。それこそが、ふたりの欲するものなのだと。派手だったり、これ見よがしだったりしてはいけない。

「一般的に、隠者は内省的なものなのよ」彼女は男に言った。

ジニーは粗末な衣か質素な僧服程度に身を包んだ自分の隠者を胸に思い描いていたが、目の前にいる老人の衣服がすでにぼろぼろにすり切れているのを見て、いちいち指示せずともこれで十分だろうと納得した。そして、この新しい仕事について連絡すべき家族はいるのか、何か運び込みたい身のまわりの品はないかと訊ねた。男には、何もなかった。

「後で男の子をひとりやって、古い藁の敷物を届けさせるわ」ジニーは、歩きながら男にそう言った。それから「あと、シャベルを一本」と付け加え、右手に広がる森を手で指し示しながら「あると便利でしょうから」と付け加えた。

ようやく洞穴に到着すると、隠者は大して興味もなさそうな様子で中を覗き込んだ。ジャイルズとジニーは、よもや男が向きを変えて歩き去ってしまうのではないかと気が気ではなかった。しかし男はまるですっかり癖になっているかのようにまた肩をすくめてみせると、ここよりひどいとこなんていくらでも見てきたよと答えたのだった。それからジニーは静寂の誓いについて説明すると、これにはどうしても合意して欲しいと思っているのだと告げた。

「静寂？」隠者が言った。

ジニーはうなずくと言った。「隠者というものは往々にして、平穏と静寂とを好む傾向にあるの。物思いに耽りやすいようにね」

隠者がまた肩をすくめたのを見て、ジニーはこの申し出に合意してくれたのだと理解した。「ああ、そうそう」彼女は続けた。「もし物思いに耽るうちに何か興味深いことを思い付いたなら、そのときは必ずあなたの考えを私たちにも報告すること」

それを聞くと隠者は当惑した顔つきになった。「そうは言っても、言われたとおりに黙っていたのでは報告しようが無いじゃないかね」

「そのために、紙と鉛筆を届けさせるわ」ジニーが男を見詰めた。「思い付いたことを何でもそれに書いて、洞穴の入り口のところに置いてちょうだい。誰かに取りに来させるから」

三人はもうしばらくそこに立っていた。やがてジャイルズが、すべて我々にまかせてくれと言ってジニーと一緒に立ち去ろうとすると、隠者がまるで学生のように手を挙げた。

「パンとチーズのことなんだがね」彼が言った。

「もちろんちゃんとしますとも」ジニーが答えた。「敷物と一緒に届けさせるわ」言い終わると彼女は唇に指を当てた。まるでその単純な仕草ひとつで、取るに足らないちっぽけな生を歩むこの男が口にする最後の言葉を、有無を言わさず押し込めることができるとでもいうかのように。

「忘れないでちょうだい」彼女が言った。「墓場のように、静かにしていること」

最初の数ヶ月、ジャーヴィス夫妻はすっかり自分たちの隠者に熱を上げ、何かと理由をつけては洞穴を訪れた。初めのうちこそ隠者の髪は弱々しく脂ぎっていたのだが、やがてひげや爪と一緒に伸びていくに従いジニーとジャイルズが想い描いていたような野性味を帯びていった。ふたりはそれを見ると、余計に彼のことが気に入った。晩餐会に出掛けていっては自分たちが住まわせている高潔な野人について熱弁を振るったり、ときには自宅に招いた大勢の人びとを引き連れて洞穴のところまで忍び寄り、ものも言わず静かにぼけっとしている隠者の様子を盗み見たりするのだった。

一方の隠者は、取り決めが——とりあえず当初のうちは——まずまず気に入っていた。湿気がひどく風も入ってくるものの、眠れる場所が確保できたのだ。それより何より、毎日ちゃんと入り口に食事を届けてもらえることがありがたい。朝起きると新鮮なフルーツと一緒にサンドイッチの載った皿が洞穴の外にあり、ときにはバターを塗ったスコーンが添えられていることすらあるのだ。だが月が進むに連れて、食事の質はだんだんと悪くなっていった。ある朝出てみると、そこには腐った林檎が一袋置いてあるだけだった。その翌週は、すっかり古くなったスープの入った鍋だけになった。さらには、どうやら前夜にジャーヴィス夫妻が食べた夕食の残飯なのではないかと疑わしいものばかりが届けられだした。そしていつしか、食事はすっかり届けられなくなったのだった。

だが、それよりも苦しいのはものを言えぬことであった。隠者はもともと無駄なお喋りをするような男ではなかったし、そうして孤独に過ごすことが楽しくてならない気になるような日も、確かにあった。だが沈黙の誓いはすぐに重荷になった。ずっしりとした鎖のように彼を取り巻いて、放してくれないのだ。そして、どんよりとした空を見上げたり、毛布にくるまって洞穴の冷たい壁にもたれたりして数ヶ月が過ぎたころ、彼の思考は異常な経路や奇怪な支流を辿《たど》りだすようになった。そして、それが進むにつれて男の精神は分裂しはじめていったのだった。

一方ジャイルズとジニーには、新たに別の関心事が訪れていた。ある夜のこと、ジニーは暖炉のそばでまどろむ夫にぴったり寄り添いながら、こう話しかけた。

「知らせたいことがあるの」

「知らせたいこと？」ジャイルズが答えた。

「今度の夏なのだけれど、もしかしたら小さなジャーヴィス・ジュニアがこの屋敷で過ごしていることになるかもしれないわ」そう言うと彼女は、夫がここのところずっと耳にするのを待ちわびていたあの小さな嬌声をあげてこう言った。「パパには、玉座の後継者ができるのよ」

それからの数ヶ月は、ばたばたと将来の計画を立てたり準備をしたりするうちに過ぎていった。いくつもの部屋が育児室へと改装され、飾り付けられていった。ジニーの体は週を追うごとにすこしずつ重くなり、やがてすっかり疲弊し切ってしまったので、出産までの数ヶ月を彼女は自分の寝室で横になって過ごした。そんな日々の最後に産婆が呼ばれ、息が詰まるほどの富に溢れる人生を約束されていることを知らぬ男の赤ん坊を取り上げると、この赤ん坊にジャックという名がつけられたのだった。

こうなると、森に住む老いた野人への関心など瞬《また》く間に霧散してしまい、彼らの目は一心に息子へと注がれることになった。ジャックは乳母や母親、そして父親が顔を覗き込みに来るのを待ちながら、日々のほとんどを仰向けのまま天井を見詰めて過ごしたのだった。眠り、ミルクを飲ませてもらい、着替えさせられ、湯に入れてもらう。そして遅くに夜泣きを始めるとその声は、母親が彼に手を差し伸べるのを待たずに育児室の窓を漏れ出していくのだった——暗闇の中へと、そして森の奥深くへと。

当初、メイドが屋敷へと持ち帰る紙に隠者が書き付けた言葉は、たとえば……

木々の合間にさらに木々が立ってる

洞穴はただ開かれた口みたいだ

などといった、ごくなんでもないものばかりであった。しかし何ヶ月も経つうちに、そこには次のように異様さ漂う言葉が並ぶようになっていった。

虫が多すぎる

頭の中であの犬が吠えている

奇妙な絵の描かれた紙がちらほらと混ざり、誰にも判読できない走り書きで埋め尽くされるようになっていった。だがそのころにはジャーヴィス夫妻はすっかり隠者に飽き飽きしており、使用人たちにも、男の立てる忌々しいわめき声などは気にしなくてよいから適当に放っておくようにと申し渡していたのである。

初めてはっきりと現れた不穏な兆候は、孔雀たちが消えたことだった。探し出してすべて連れもどすよう言い付けられたメイドが、孔雀たちのなれの果てを森の端で見付けた――まばらに散らばる美しい羽に囲まれ、二羽の孔雀が血まみれの死骸となって転がっていたのである。この惨忍かつ一種異様な事件を受けて、屋敷には小さな戦慄が走った。だが、いったい誰が、もしくは何がこんなことをしでかしたのかなど、誰にも知りようがなかった。狐の仕業《しわざ》と考えるのが、もっとも妥当であるように思えた。それから数日間、常軌を逸したおかしな様子で敷地のそこかしこをうろつき回る隠者の姿が見受けられた。長く伸びた髪と爪をもった彼はもはや、使用人たちが前触れもなくばったり出くわしたいとはとても思えぬ風貌となっていた。そしてジャイルズは、こんなことが書かれた紙が車のワイパーに挟まっているのを見付けたのである。

弱肉強食だ

ジャイルズはこれを見てすっかり堪忍袋の緒が切れ、隠者を見つけ出して追い詰めてやろうと腕っぷしの強い男たちを何人か放った。

だが洞穴に行っても隠者はおらず、鹿園にもまったく見当たらなかったので、男たちは手分けをして森の中に入っていくことにした。それから二時間ほど過ぎたころ、男のうちのひとりが車寄せを駆けてくると、老いた野人を目撃したと報告した。ジャイルズはショットガンを手に取って領地の男たちを残らず呼び集め、目撃した男に先導させると隠者が最後に目撃された地点に向けて森に入っていった。男たちは横に広がって丘を登り、谷間に沿って進んでいく。一行は手に手に双眼鏡を、そして食料と水を持ってジャイルズの憤怒に押されるように進んでいったが、細流を飛び越え、道を覆った下生えを切り払いながら三、四時間ほど進んでも、その労力が報われることはなく、腕はシダに擦れてひどく傷付き、寒さのせいで足は麻痺していくばかりなのだった。

やがて尾根に近付いたジャイルズが進むのをやめるよう号令を発しかけたとき、男たちのひとりが手を振って彼の注意を自分のほうに向けさせると、西の方角を指差した。一行はぴたりと進むのをやめ、あたりに広がる森を眺めた。だが、何も見当たらない。冷え切った灰色の空に向けて立つ、木々のシルエットが見えるばかりである。そのとき、ひとつの人影がいきなり一本の木陰から飛び出し、別の木陰へと走っていくのが見えた。男たちがどよめき、ジャイルズは肩に銃を当てて構えた。片目を閉じ、待つ。そして、また人影が野原に出てくると、ふたつ並んだ銃口から一斉に弾丸を放ったのだった。

森じゅうの鳥という鳥が、けたたましい羽音と鳴き声をあげて空に舞い上がった。銃声は何マイル四方にも轟《とどろ》き渡った。しばらくの間、誰も筋肉ひとつ動かさなかった。

「あいつに当たったと思うかね?」ジャイルズが男たちに訊ねた。

隣に立っていた少年は、弾が数メートル的を外すのを確かに見ていた。

「逃がしたかと思われます、旦那さま」彼が言った。

一行は、人影が最後に動いたのが見えたところを目指して、尾根を駆け上っていった。手を尽くして探してみたが、男の姿も見えなければ、血痕ひとつ見付からない。

「まあ、きっとあの狂った老いぼれも震え上がって、元いたところに逃げ帰ったのだろうよ」ジャイルズが男たちに言った。男たちはひとり残らず立ち尽くしたまま、まさにそのとおりに違いないと言わんばかりにうなずいて同意を示した。

もしかしたらジャイルズがあの隠者の姿を見るのは、このときが人生最後になるかもしれない。そして残りの人生を、あの男が自分たちを撃ち殺そうと銃をかついで戻ってくるのではないかと想い描きながら過ごすことになるのだ。これは、まさにそのとおりになった。二日後、ジャックの乳母が哺乳瓶を温めようと育児室を留守にしている合間に、軋《きし》む音を立てながら窓が開いたのだ。ジャックは仰向けに寝転がって天井を見上げていたが、その視界に見慣れぬ顔が入り込んできた。ジャックは、もつれあったひげとだらしなくしなびたような長髪が、上から垂れ下がってくるのを見た。野性味を帯びた燃えるような瞳が、自分をくまなく眺め回しているのを見詰めた。そして、やがて長く鋭い爪を生やした二本の手が自分に向けて伸びてくるのを見て、その手が自分の下に潜り込んで身を持ち上げるのを感じたのだった。

部屋に戻ってきた乳母は、ちょうど赤ん坊を肩にかつぎ上げた野人が窓から出ていくところに出くわした。彼女が悲鳴をあげると間もなく、いったい何ごとかと女主人が駆け付けてきた。ジニーがやって来ても、乳母はまだ叫び声をあげながら開いた窓を指差していた。ジニーは窓辺に駆け寄った。そして、森へと駆け込んで姿を消していく隠者の肩越しにこちらを向いているのが、彼女が最後に見た息子の姿になったのだった。

無論警察が呼ばれ、地元住民たちは色めき立った。隠者の風体について説明を受けた捜索隊が放たれた。赤ん坊を無事に連れ帰るか、解決につながるような情報を持ち帰るかした者には、莫大な報酬が約束された。地元住民たちは当然、その賞金を我がものにしようと、時間があれば一分一秒までそれを費やし続けた。

ジャーヴィス夫妻も手ずから森を捜索したが、あの野人に繋がるような痕跡は何ひとつ見付けることができなかった。そうして年が過ぎていくごとに夫婦は、もう最愛の息子の顔を見ることは二度と叶わないのだという思いをすこしずつ受け入れていくようになったのだった。

しかし折に触れ、目撃談が舞い込んでくることがあった——子供の手を摑んだ怪人が下生えを掻き分けて進んでゆく様子や、後にはふたりが並んで駆けている様子が、夫婦に知らされたのである。そして、ふたりが姿をくらましてから長い五年間が過ぎたある日、領地のはずれあたりにある野原でふたりの野人と出くわしたと地元の女が申し立てているのを耳にすると、ジニー・ジャーヴィスはすぐに女を屋敷へと呼び立てた。

何年も前にあの隠者と会ったときと同じようにジニーが図書室に入っていくと、女はいかにも物怖じした様子でそこに立ち尽くしていた。ジニーはソファで自分の隣に女を腰掛けさせるとその手を取り、どうか目撃したというふたりの人物について話を聞かせて欲しいと言った。

女は、見たと言ってもほんの数秒の話で、すぐにふたりは自分に気付いて茂みの中に姿を消してしまったのだと説明した。

「私に分かるのは」彼女が言った。「片方はすっかり大人で、歳老いていたこと。そしてもうひとりは、まだ子供のように幼かったということだけです」

ジニーは、どうか話を続けるよう哀願した。

「ふたりとも、まるで野生のようでした――髪の毛はもじゃもじゃに肩まで伸び放題なのです。それに爪も長く、鋭く尖っていたのです」

ジニーはひたむきな顔で女の手を握りしめると、他に何か気付いたことはないのかと訊ねた。「何か喋ったりはしていなかったの？」

「ひとことも」女は首を横に振った。「ふたりとも、まるで墓場のように静かでした」

宇宙人にさらわれた

Alien abduction

一日じゅう机に向かっているのは、本当に疲れるものだ。話をよく聞いているふりを続けるのには、ほとんど不可能と言っていいほどの労力がかかるものだ。4Bの教室に座る子供たちはすっかりくたくたに疲れ果て、授業どころではなくなりだしていた。だが、終業のベルが鳴るまでには、まだたっぷり二十分も残っている。

セオドア・ガッチはモーガン先生の後ろの壁にかけられた時計をじっと見詰めていた――文字盤の上を秒針がゆっくりと回り、ようやくまた12のところまで戻っていくのをじっと見詰めていた。

「これをあと二十周」セオドアは胸の中で言った。「そうしたら僕は自由の身だ。なんでも好きなことをやっていい」

他に何か気の紛《まぎ》れるものは見付からないかと、周囲を見回してみる。つい最近やったばかりだが、また四つの壁に刺さった画鋲の数を、息を止めながら数えるのはどうだろう。

なるほど、左側の窓からちらちらと入り込んでくる光が鬱陶しくさえなければ、そうしていたに違いない。この光はきっと、窓の向こう側にいる誰かが発しているのだ。たとえば、遠くで蝶番《ちょうつがい》のついた窓が開いた瞬間に、太陽の光を反射したのかもしれない。もちろんセオドア・ガッチにも、きっとそんなところなのだろうというのは分かっていた。だが彼はちょうど先週、火星人の軍隊がアメリカの小さな町に飛来してあらゆる災厄をもたらす本を読んだばかりだったのだ。何もすべきことの見付からないこの水曜日、彼は間もなく、あの光はきっと宇宙人のUFOがローワーフォールド・パークの遊戯場に着陸するアフター・バーナーによるものではないかと思いはじめた。

宇宙人による侵略の脅威は、もちろんモーガン先生の話などより遙かに面白い。モーガン先生はときに、自分でも興味を持てない話をしているように見えることすらあるのだ。セオドアは、教室を眺め回してみた。通路を挟んで隣の机ではロバート・ピナーが右手の手相をじっと見詰めながら、自分の寿命を占っているところだった。

セオドアは自分のノートを一ページ破り取ると鉛筆を手に取り、「火生人をたくさん乗せた宇宙船がローワーフォールド・パークに着陸した」と手短にメッセージを書き付けた。

(本当に字を憶えない子なのだ)

机の上に紙飛行機が着陸し、ロバート・ピナーの物思いを乱暴に妨《さまた》げた。彼は飛び上がるほどの勢いで驚くと、両目が飛び出しそうな顔をしながらきょろきょろし、自分のほうを見詰めているセオドア・ガッチに気付いた。

セオドアが紙飛行機をあごで指し示し、「開いて」と囁《ささや》いた。

ロバートは前の席に座る生徒の陰に隠れるようにすると（ホーウィ・バーカーという、隠れるのに打って付けの体軀《たいく》の少年である）、音を立てないように紙飛行機を開いていった。メッセージを読んだ彼が顔をしかめ、心の底から深刻そうな顔をしてうなずいているセオドアを見詰め返す。

「本当なんだよ」セオドアは思わず熱を込めて言った。その声に気付いたモーガン先生が言葉を切ると、考えがうまくまとまらなくなるから自分が話している間は私語を慎んではもらえないかとセオドアに言った。

噂話というものは——特に宇宙人襲来についての噂話などは——すっかり広まるまで、そう長くはかからない。涙が出るほど退屈し切っている子供ばかりの教室ほど、噂が広まりやすい場所はそうそうないものなのだ。モーガン先生が背中を向けるたびに生徒たちは声もなくざわめき、セオドアの書いたあのメッセージは机から机へと渡っていくのだった。さらにいくつかメモが書き込まれ、中には「二百五十人の宇宙人」が飛来したと、ほとんど言い切っているものまであった。その上コリン・ベンソンは二枚の翼を持つ尖ったロケットのような宇宙船まで描いてみせた。そして宇宙船の下に自分の想い描く宇宙人の姿を描こうとしたのだが頭と両腕がどうにもしっくりこず、いらいらして鉛筆で塗りつぶした跡があった。おかげで宇宙人はまるで、電波障害を起こしたテレビの向こうからこちらをじっと見ている、ぼんやりとした影のような印象を与えているのだった。

終業ベルまで残すところあと五分となった４Ｂの教室は、もはや半狂乱の状態だった。マンディ・ショーという少女などは、興奮のあまりおもらしをしてしまうのではないかと思ったほどだ。バリー・マーズデンは、両拳が白くなるくらい思い切り力を込めて、机の両端を握りしめていた。宇宙人襲来の報《しら》せに震え上がった生徒も何人かいたが、他の生徒たちはポテトチップ工場が火災で丸焼けになって以来のニュースだと大いに盛り上がった。中には、このニュースは本当なのかと胸の中でいぶかる生徒たちもいた。しかし教室の生徒たちはひとり残らず終業ベルが鳴り響いたら席を立ってパークへと走り、自分の目で宇宙船を見るのだと、心をひとつにしていたのだった。

授業最後の数分間は、張り詰めた空気と共に過ぎた。モーガン先生にも様子がおかしいのは感じ取れた。生徒たちがひとり残らず何かを予期した顔で浮き足立ち、まるで何か尋常ならざるものでも視界に捉えたかのように、揃いも揃って窓の外を見詰めているのだ。

「子供が喧嘩でもしているのだろうか」モーガン先生は考えた。ちょっとした小競り合いが、彼はとても好きだ。間に分け入って仲裁するのが好きなのだ。「待ちなさい、待ちなさい」と言いながら、ふたりの生徒を引き離すのだ。だがここ一年校庭で喧嘩が起こったことなどないし、いったい何が起きているのか子供たちに訊ねても意味はない。彼らが何かを話してくれることなど、まずありはしないのだ。

終業ベルが鳴り響いた瞬間、子供たちは椅子から立ち上がると脱兎のごとく廊下へと駆けだした。出くわした少年少女たちは火星人襲来のニュースを聞かされると、即座に自分たちもそこに加わった。すっかり集団に膨れ上がった子供たちは怒濤《どとう》のように階段を駆け下りると、道を空け切れずに飲み込まれた生徒たちまで一緒に引き連れたまま表に飛び出した。

押し合いへし合いしながらパークに押し寄せる。地面を揺らしながら、ローン・ボウリング用の芝生を突っ切る。どしどしと足音も荒く、誰もいないテニスコートの合間を抜けていく。これを抜ければ銀色の宇宙船が見えるはずと胸をいっぱいにしながら薔薇園を突っ切り、アヒル池のほとりをぐるりと回り、トチノキの木立をくぐっていく。ひとりひとりが、自分の想う宇宙船がどんな姿をしているか胸に描いていた。何人かは、静かに水蒸気を立ちのぼらせた巨大なロケットを想像した。何人かは舗装した地面に停泊する、照明のすっかり落ちた銀色の巨大な円盤を想像した。ブランコやメリーゴーラウンドに乗って遊ぶ宇宙人たちの姿を想い描いた子供たちまでいたのだが、いざ遊技場に到着してみると、あたりには人っ子ひとり見当たらなかった——宇宙人のみならず、生物などまるっきりいなかったのである。

子供たちは、だんだんと歩く足を緩《ゆる》め、やがてすっかり立ち止まった。しばらくの間、不気味な沈黙があたりに立ち込めた。失望感が——今にも怒りへと変化しそうな失望感が——漂いはじめたが、やがて年下の少年がひとり口を開いた。

「どこ行っちゃったんだろう？」

またしても集まった少年たちの間に沈黙が流れたが、しばらくして年上の少年がひとり「誰かが連れてっちまったんだ！」と叫んだ。そして、もしみんなに自分の言いたいことが伝わらなかったらいけないと思い、さらに言葉を付け足した。「誰かが異星人をさらっていっちまったんだ！」

集まった大勢の子供たちの間に、憤《いきどお》りのざわめきが広がっていった。異星人たちをさらっていったと思われる組織の名前が、あれこれとその場に飛び交った。やがて、生まれてこのかた問題など起こしたことのなかったひとりの少女が両手に口を当て、こう叫んだ。「みんなで市役所に行きましょう！」

その場の少年たちは、その提案にみんな納得した。市役所ならば苦情を持ち込むのに打って付けの場所であるように思えたし、まるで水牛の群れのようにどしどしと公園を突っ切る爽快感の虜《とりこ》になった子供たちは、他の行き先を渇望していたのである。

そんなわけで彼らはチャーチ通りのどまん中を、足音も荒く進んでいった。その様子を目にした大人たちは、こんなものは見たことがないと思った。喚声や悲鳴をあげながら走っていく子供たちを避けて自動車は両側の舗道に乗り上げて停止し、角に建つ菓子屋の主人は子供たちが集団で襲撃にやってきたものと思って震え上がると、さっさと店を閉め、ブラインドをすべて下ろしてしまった。

それから五分もせずに子供たちは市役所の階段まで到着した。彼らがあげる反逆の咆吼は、固く灰色をした権力の壁にぶち当たり、途絶えていった。何人かは、自分たちの小さな冒険もここで終わるのだろうと感じた。そして、打ちひしがれてしょげ返った様子でとぼとぼと家路を辿《たど》る、自分たちの姿を想像した。だがそのとき、さっき公園で群衆を立ち上がらせたあの少女が、またしても両手を口に当てたのだ。

「市長に面会を要求します！」彼女が叫んだ。

すぐに生徒たちは大声で「市長を出せ！　市長を出せ！」と唱和しはじめた。興奮をたぎらせて叫ぶ彼らの姿に、周囲の見物人たちはおののいた。

ともあれ、市長が実際どんな風貌の人物なのかをわずかでも知っている子供はひとりとしていなかった。市役所の窓という窓からは職員たちが顔を出して外の様子を覗いていたが、誰かが話を聞きに表まで出てきてくれない限り、子供たちは誰が誰だかさっぱり分かりそうになかった。だが、やがてバルコニーにまさしく市長とはこんな姿だろうと思しき中年の男が歩み出てきた。スーツに身を包んで目に見えぬ自尊心を漂わせ、つい今しがた急遽呼び立てられる直前に華やかなパーティーに出ていたおかげで、大きな鎖の頸飾《けいしょく》を両肩から垂らしている。

唱和の声がぴたりとやんだが、少年たちの群れのそこかしこでは昂ぶり切ったざわめきが続いていた。市長は彼らの顔をぐるりと眺め回すと、鎮まらせようというようにぱたぱたと手を振ってみせた。心底唖然とした顔をしている。三年前に市長就任の署名をしたときには、こんなことが起こるとは想像すらしていなかったのである。彼の日々と言えばほとんどはゴミ収集や信号機の設置に関する会議に出席したり、朝の珈琲を飲みながら地元紙用の写真を撮影したり、支援者たちのもとを訪れて回ったりすることに費やされてきたのだ。

彼は、少年たちがうわべだけでも静まり返るのを待ってから、ようやく手を振るのをやめた。そして、よく行き渡るようはっきりとした大きな声で言った。「いったい何ごとかね？」

分厚い眼鏡をかけたやせっぽちの少年が叫んだ。「宇宙人はどこですか？」他の少年たちもこれを聞くとすぐ、「そうだ、どこだ？」だとか「いったい宇宙人に何をしたんだ？」などと口々に声をあげ、後に続いた。

市長はつい数分前に街の子供たちが面会を求めていると聞いて、きっと学校の給食が美味しくないとか、校庭を整備して欲しいとか、そんなことで腹を立てているものだとばかり思っていた。だがこうしてバルコニーで実際に少年たちの言葉を耳にして、彼は思わず取り乱さずにはいられなかった。

「なんだね、その宇宙人っていうのは？」市長は、やっとの思いで言った。

だが、これは激昂した少年たちを単に煽り立てたにすぎなかった。幾人かの子供たちが市長のことを嘘つきだと罵《ののし》ると、でぶだのはげだの、さらに個人攻撃まで始めてしまったのである。少年たちはそうして騒ぎ続けたが、やがて全員に聞こえるような大声があがり、彼らを黙らせた。

「隠蔽《いんぺい》だ！」ひとりの少年が叫んだ。

選び抜かれたこのひとことは、少年たちの胸のうちをほぼ完全に言い表していた。宇宙人などいないと否定してみせた市長の態度への不満と、きっとこの裏側では何か不吉な企みが進行しているのだという疑念である。市長は両手を挙げたが、手を振ったり声をあげたりして黙らせようとしても少年たちの結束を強めるだけなのは考えるまでもなかったので、代わりに安全な庁舎の中に引っ込んで何人もの助役たちに相談することにした。

子供たちにしてみれば、事実は明白だった。宇宙人たちはさらわれてしまったか、自分たちが到着する前に宇宙船がまた離陸してしまったかに違いない。いずれにせよ市役所のボスであれば何が起きたか知っていなくてはおかしいし、知らんぷりをされるのは少年たちにとって、率直に言って侮辱的なことなのであった。宇宙船の着陸も宇宙人とのやり取りも秘密のヴェールに覆い隠されてしまっているというのに、市役所の人びとときたら、市民の子供たちが自ら暴動を起こして真実を話すよう迫るなどとは、予想だにしていなかったのだ。

市長がそそくさと引っ込むと少年たちはこれを小さな勝利と受け止め、あたりは大喝采と唱和と足を踏み鳴らす音とに包まれた。群衆のただ中でセオドア・ガッチは、他の少年たちと一緒に手を叩いて叫んでいた。まさに人生最高の瞬間だった。周囲を見回し、胸の中で言う。「やっぱりそうだ。やっぱり宇宙人が乗ってきた宇宙船だったんだ。だからみんなでこうして集まってるんだ」

今や、誰もがすっかり歓喜に浸り切り、目眩《めまい》のするような、学期の最終日にも似た高揚感があたりを支配していた。サンドラ・ワード――ヴァイオリンを弾く、もうグレード4

（英国王立音楽検定の中級レベル。ブルグミューラーの練習曲や簡単な課題曲が三曲、スケール課題、初見演奏、口頭試験が課せられる）のレッスンを受けている八歳の少女である――はその熱気にやられながら、そういえば近ごろ音楽教師のボーウェン先生を目にしていないことに気がついた。サンドラがきわめて昂ぶりやすい性格の少女であることを踏まえると、彼女がそんなことを思い付いたのには、この宇宙船騒動が大いに関係していたと見ていいだろう。彼女は、公園を散歩するボーウェン先生と、その頭上に停止した宇宙船の姿を想像した。まばゆい光線が先生を捉える様子を胸に思い描いた。ボーウェン先生が目元を覆うようにしながら頭上を見上げる。そして次の瞬間、ボーウェン先生は可哀想に、さらわれてしまったのである。

「ボーウェン先生よ！」サンドラはそう叫ぶと、同じく逞しい想像力を持つルーシー・ギャンボルの腕を摑んだ。「宇宙人がボーウェン先生を誘拐しちゃった！」

この噂が広まり切るにはセオドア・ガッチのときよりもやや時間がかかったが、今やすっかり少年たちの数が膨れ上がっていることを考えれば、無理のない話だった。ボーウェン先生は四十代になりたての背が高い眼鏡をかけた女性で、いつも風変わりな色合いの服を身につけていた。彼女はピアノやリコーダーをはじめ、持ってこられればクルムホルンなどさまざまな楽器を演奏することもできた。クルムホルンというのは杖のような形をした楽器で、逆さまにして息をいっぱいに吹き込んでやると子供たちが大好きな、高い音色を奏でるのだ。ボーウェン先生自身も、この音色が大好きだった。彼女の音楽の授業では、ちょうどついさっきみんなでしていたように、手を叩きながら足を踏み鳴らすように言われた。彼女が生徒たちに人気なのは、ほとんどの生徒たちが週に一度しか彼女に会わないからというのもあったろう。

ボーウェン先生は、自由の精神のようなものを持つ人物だった。噂によるとベリー・ダンス教室に通っているという話だったし、二十人の生徒たちにメンデルスゾーンのヴァイオリン協奏曲を聴かせながら、わっと泣きだしてしまった話などは有名だ。だから、彼女がさらわれたか自分の意志に反する何かを強要されたのだと思うと、子供たちは大いに憤った。これがもしモーガン先生や校務員のバーニー・ブレイクロックだったなら、話はまったく違ったことだろう。

やがて子供たちの唱和は「ボーウェン先生はどこだ?」に変わり、次第に調子が出てくると「宇宙人がいないなら、ボーウェン先生はどこにいった?」へと変わっていった。

数人の子供たちは、ひどく感情的になりはじめた。いったい次は、誰がさらわれる番なのだろう? サンドラ・ワードとルーシー・ギャンボルをはじめ生徒たちがすっかり忘れていたのは、ボーウェン先生は月曜日と金曜日にしか学校に来ないということだった。宇宙人の宇宙船にさらわれたとばかり子供たちが信じ込んでいるそのとき、彼女は実のところ自宅におり、お風呂に浸かりながらスリランカ――彼女は来年この国を訪れようと思っていた――について書かれた本を読んでいたのだ。

同じころ市役所の奥では市長と彼の部下たちが、大きなマホガニーのテーブルを囲んで緊急会議を開いていた。お茶汲みの係のハワースさんが大きなポットを手に、濃く甘い紅茶を注ぎ回っている。ひとりの助役が警察を呼んではどうかと提案したが、市長はそんなことをしたくはなかった。子供に手錠をはめて警察の護送車に押し込んでいるところを地元紙のカメラマンに撮られようものなら、市長生命に関わる。

「いいや、駄目だ」市長が言った。「対応は、慎重に慎重を期さなくてはならんぞ。説得を試みてみようじゃないか」そして、群衆の要求を正確に聞き出して把握し、その要求を満たして納得してもらうのにどれくらいの手間がかかるかを考えるため、いちばん若く見てくれのよい部下をひとり選び出した。

五分後、マルコム・ベントリーは恐る恐るバルコニーに出ていくと子供たちに向け、十分後に階段で面会したいから代表者を三人選ぶようにと告げた。

「話をする準備はある」そう言って窓のほうに引き返しながら「この騒動の解決策を見付けなくてはいけない」と付け足した。その午後に市役所の人間が初めて口にした前向きな言葉を、少年たちは礼儀正しい拍手の波をもって迎えた。

それから間もなくして、建物の正面を閉ざしていた両開きの大きなオークの扉にかけられた鍵が、がちゃりと音を立てて開いた。数インチほどひらいた片方の扉からマルコム・ベントリーがすっと出てくる。少年たちの代表となる三人は、もう待ち構えていた。話し合いに優れているから選ばれた者も、他の子たちより背が高いからという理由で選ばれた者もいた。ベントリーは、そのひとりひとりと握手を交わした。それから上着のポケットに入っていたメモ帳を取り出すと、ペンのキャップを嚙んで引き抜いた。

「さてと」彼が声を発した。「君たちの要求を聞くとしよう」

「まずひとつ目は」ダニエル・テイラーが言った。「宇宙船はどこに行ったんですか？」

市役所の若者はしばらくめんくらった顔でダニエルを見詰めた。それからメモ帳にゆっくりと「宇宙船は……どこに……行ったのか」と書きとめはじめた。ペンを走らせながら、うんうんとうなずいてみせる。

「このことは調査してみよう」彼が言った。

「ふたつ目は」次に口を開いたのはジャネット・バーバーだ。「ボーウェン先生は無事なんでしょうか？　それとも人体実験をされているんでしょうか？」

「ボーウェン先生か」マルコム・ベントリーは、書きとめながら言った。

ジャネットは先生の名前の綴りを教えてから「音楽の先生なんです」と言った。

マルコムは書く手を休めずに言った。「そのことも調査してみよう」

彼はメモを取り終えると、他に質問はないかと子供たちを見回した。三人は、他に何か付け足しておくことはないかとすこしだけ考え込んだ。だが用意していたのはそのふたつだけだったし、あまり欲張ったことをしたくはない。ダニエル・テイラーは話し合いを締めくくるために「それで全部です」と言うと、大きくうなずいてみせた。

マルコム・ベントリーは、誠意を念入りに伝えようと目を見詰めながら、ひとりひとりとふたたび握手を交わした。「すこしだけ時間がかかるだろうが、絶対に真相をはっきりさせよう」

ダニエル・テイラーは、そんなマルコム・ベントリーの姿を見てもまったく心を動かされなかった。気持ちの悪いいけすかない奴だと感じたのである。「じゃあ、こうしましょう」ダニエルは言った。「僕たちはここで待ってもいいし、家に帰って宿題をしながら待ってもいいです。どっちがいいと思いますか?」

そこから数マイルほど離れたところに建ち並ぶ豪奢な家々の中でもとりわけ高級な一画に建つ家で、校長のランバート先生はぐったりとした様子でキッチンに置かれたテーブルにつき、ラジオを聴いていた。目の前に紅茶を注いだマグカップを置き、ジンジャー・ビスケットをそれにひたしては口に運ぶ。すでに四、五枚ほどそうしてひたして食べていた彼女は、あと二枚も口にしたならもうベイクド・ポテトが入らなくなるわよと自分に言い聞かせているところだった。

特に誇らしくも恥ずかしくも思っているわけではないが、かつてビスケットをまるまるひとパック、そうして紅茶にひたして食べ切ってしまったことがある。ちょうど次の一枚を紅茶にひたしていると、電話のベルが鳴りだした。彼女は、口にビスケットを詰め込んだまま受話器を取った。電話の主は市長だった。努めて平静を装ってはいるが、明らかに取り乱している。

市長は街の広場がランバート校長の生徒たちで現在ごった返しており、だんだんと殺気立ってきているのだと説明した。ランバート校長は、思わず耳を疑った。確かに生徒たちがときおりやかましく騒いだりすることはあるが、まとまって騒乱を起こすような素振りなどほとんど見せたことがないのだ。

「本当にうちの子たちなんですか？」彼女はそう答えたが、市長が鎮まる様子はまったくなかった。

「それは確かだよ」市長が言った。「どうやら今日の午後にローワーフォールド・パークに宇宙人の乗った宇宙船が着陸し、それを我々が隠していると思い込んでいるみたいなんだ」

ランバート校長は、受話器を握りしめたまま長いこと黙り込んだ。

「からかわないでください」彼女が言った。

「からかってなどいるものか」市長はそう言うといったん言葉を止め、また続けた。「少なくとも、そんなつもりはない。問題は、子供たちがおたくの音楽教師がさらわれたと考えているらしいことなんだよ」

ランバート校長は、先ほどよりもさらに長いこと黙り込んだ。

「ボーウェン先生がですか?」ようやく、そう訊ね返す。

市長は、そうだと答えた。

「ならば、それは間違いだと教えたらどうなんです?」ランバート校長が言った。

市長は、いよいよ堪忍袋の緒が切れそうになった。「そんなことくらいで治まったら苦労するものか。連中、宇宙人がいるもんだとすっかり信じ込んでいて、こっちが何を言おうと大がかりな隠蔽工作をしているに違いないとしか思ってくれんのだ」

ランバート校長は仕方なく自分にできることがないか考えてみると告げ、十分後に電話をかけ直すと約束した。受話器を置いた彼女は、そのまましばらくの間玄関ホールに立ち尽くして考え込んでしまった。やすやすと困惑に陥るような女性ではない。一度など月曜の朝になって、五人の職員たちから同時に病欠の連絡を受けたことがあった。あのときだって自力でなんとかしたのだから、今回だって解決策が見付かるはずだ。彼女は電話帳を引っ張り出すと、Hの項目が出るまでページをめくり続け、バーバラ・ホランドの名前を探した。教員のひとりで、図工戸棚の管理者である。

「もしもし、バーバラ？」電話が通じると、すぐに彼女は言った。「モリーよ。聞いてちょうだい、ちょっと頼みごとがあるの」彼女は深呼吸をして、言葉を続けた。「アルミ箔と張り子の材料を、ありったけ掻き集めてちょうだい」

そのころ広場では、生徒たちの集団がますます膨れ上がりつつあった。他の学校から下校中の生徒たちが足を止め、事情を訊ねるのだ。そして宇宙人の話や、ボーウェン先生の失踪や、市役所による隠蔽工作の話を耳にすると誰もが進んでデモ隊に加わり、哀れなボーウェン先生か……宇宙人か……もしくは双方の解放を要求するのだった。

子供たちはいくつものグループに分かれ、この重要な問題について意見を交わしていた――彼らがこんなことをするのは、今までほぼなかったことだ。やがて、なかなか帰ってこない子供たちを不思議に思った両親たちが姿を現したが、彼らが夕食が冷めてしまうと叱っても、焦げてしまうと叱っても、犬に喰わせてしまうよと叱っても、子供たちは頑としてその場を離れようとはしなかった。中には我が子を無理やり引きずっていこうとする父親もいたが、そうすると他の子供たちが連れ去られようとしている生徒と腕を組み、ズボンにしがみ付き、そこかしこでちょっとした小競り合いになっているのだった。両親たちは頭に来てかんかんに怒ったが、それでも最後は結局折れるしかなかった。事実、他に選択肢はほぼなかったのだ。数では両親たちが上回っているものの、子供たちが差し迫った危機に瀕しているわけではなかったし、心底素直に言うとすれば、彼らにとっていちばん腹立たしかったのは、自分たちの少年時代にはこの半分もわくわくするようなできごとがひとつも起こらなかったということなのである。

夕方も遅くなると、スープを入れたカップと毛布が子供たちに配られた。子供たちは夜通しその場に居座るつもりなのだと観念した両親たちが、飢えと寒さから我が子を守るべくそうしたのである。そして、やがてあたりが宵闇に沈みはじめると、子供たちはランタンとろうそくのもとに集まりだし、話し声もだんだんとひそやかになっていった。星々が空に瞬《またた》きだした。子供たちは仰向けに地面に寝そべり、星空のどこかにいるかもしれないボーウェン先生に想いを馳せると、先生はもしかしたら夜空に連れ去られて喜んでいるのだろうかと想像を巡らせた。

毛布にすっかりくるまった子供たちの瞼《まぶた》が、重くなりはじめた。やがて、あたりには、音楽教師の身を案じて『グリーンスリーブス』と『モリー・マローン』を唄う声だけが漂うばかりになった。先学期に彼女が教えたとおりに、子供たちが合唱しているのだった。

夜はゆっくりと深まっていく。子供たちは眠りに落ち、地軸を中心に地球は回る。ときおり誰かが目を覚ましては、眠っている同胞たちを見回した——そして瞬《まば》きをして微笑むと、また身を横たえるのだった。やがて空がピンク色に染まりはじめると、朝日に身を温めようと市庁舎の窓台に鳥たちが集まりはじめた。

何人かの子供たちがちょうどもぞもぞと身動きを始めたころ、市庁舎の扉がきしみながら開き、その中からマルコム・ベントリーがふたたびそっと姿を現した。眠れる肉体の海を忍び足で渡り、夢とうつつの合間を漂っているとある少年のかたわらにかがみ込むと、その耳元で何か手短に囁く。それから場所を移して別の子供の横にかがんで同じ短い言葉を囁くと、また次の子供のところに移ってかがみ込んで囁きかけ、しばらくそれを続けた後にようやく市役所の中へと静かに戻っていった。

この最新の噂は、ゆっくりと子供たちの中に行き渡っていった。耳打ちされた子供たちは体を起こすと、隣で寝ている子供たちを揺さぶり起こした。そばで寝ている仲間のことも次々と呼び覚ましていく。やがて、ひとりの少年がすっくと立ち上がると、情熱的にこう叫んだ。

「宇宙人たちが、またローワーフォールド・パークに着陸したぞ！」

　子供たちは蹴飛ばすようにして毛布から抜け出すと、ものの一分もしないうちに移動しはじめた。一団となって足音を轟《とどろ》かせながら、宇宙人がいる丘を目指して進んでいく。チャーチ通りをのしのしと抜け、学校を通り過ぎ、パークの門をくぐる。ローン・ボウリングの芝生の横を、それからテニスコートを駆け抜ける。庭園を抜け、アヒル池を回り込み、トチノキの木立をくぐり、遊技場へと辿り着くと、そこでようやく待ちに待った宇宙船と対面を果たしたのだった。宇宙人たちの宇宙船が銀色の威光を放ちながら、地面に降り立っていたのである。

　駆け付けた少年たちが急ブレーキで止まる。後方の少年たちがもっとよく見ようとして、前へ前へと押し寄せてくる。前にいる少年たちは、必死に踏んばってそれに耐えた——宇宙船にあまり近寄るのは怖いのだ。

　宇宙船は、ちょうど子供たちが想像していたくらいの大きさだった。こぢんまりとしたその姿は高さ十フィートほどで、てっぺんがゆるやかに湾曲している。皿やロケットというよりは、まるで小さなテントのような姿をしていた。そして率直に言って、ごつごつと粗い表面をしていた。宇宙船があるべき姿の半分も、滑《なめ》らかでも艶やかでもないのである。だが宇宙船はブランコやシーソーと同じくらい確かにそこにあり、背後から射す太陽の光を受けて不気味な輝きを放っていた。聞こえてくる音は、遠くの教会が鳴らす鐘の音だけである。

何も起こらないまま、ずいぶんと時間が過ぎた。だが、やがて子供たちがいったいどのくらい待てばいいのだろうかといぶかりだしたそのとき、なんの前触れもなく、宇宙船の横についたハッチが地面に向けて開かれたのである。テレビでよく見るように、空気を吹き出すような恐ろしい音を立ててゆっくりと開いたのではない。紐のようなものがくっついたまま、まるでただぶら下がって落ちるように開いたのである。

子供たちは息を呑んだ。前に歩み出て火星人を出迎えるような勇気の持ち主が、誰か現れるだろうか？　ダニエル・テイラーは、昨日あんなに勇敢な振る舞いをするのではなかったと後悔しはじめた。だが、彼らがじっと見詰めていると、開いたハッチから足が一本ゆっくりと突き出してきて地面を踏みしめたではないか。銀色のブーツをはいている。次に宇宙人の尻が現れ……続いて腕が……頭が出てきた。ようやく彼らの前に全身を現したのは、他ならぬボーウェン先生であった。ボーウェン先生が、この地球にふたたび降り立ったのである。

先生は足を滑《すべ》らせたかぐらついたかのように見えたが、何人かの子供たちはその様子を見て、まるで宇宙船の中から乱暴に押し出されたみたいだと感じた。「ああっ！」という声が、集まった生徒たちの間からあがった。宇宙船で宇宙を連れ回され、もしかしたら目《め》眩《まい》を起こしているのではないかとも思えた。彼女がバランスを取り戻すと、その背後でまたハッチがぎこちなく閉まった。すると宇宙船の奥からエンジンが始動する音が聞こえ、下から排気煙が立ちのぼりはじめた。子供たちはきっと宇宙船が飛び立つのだと思い、目の眩《くら》むような閃光と耳をつんざく轟音を予期して目と耳を覆った。しかし上昇する代わりにエンジンの回転が上がってギアの入る音が聞こえ、宇宙船はさっさと遊技場を抜けてダンヴァース通りのほうに向けて曲がっていってしまったのだった。

宇宙船が見えなくなると、子供たちはまた音楽教師へと視線を向けた。彼女はたったひとりでその場に立ち尽くしていた。ひとり、またひとりと子供たちが、そろりそろりと彼女に近付いていく。彼女はどうしていいか分からないような顔をしていた。最初にボーウェン先生誘拐を口にしたサンドラ・ワードは、先生と特別な繋がりを持つ自分が最初に話しかけなくてはいけないのだと、はたと思い立った。

「先生、大丈夫ですか?」彼女が声をかけた。しかし先生が答えるよりも早く、他の生徒がひとり口を開いた。「あいつらにどこに連れてかれたんですか?」

ボーウェン先生は額《ひたい》に手を当てると、しばらく黙ったまま景色を眺め回した。

「きっと洗脳されちゃったんだ」セオドア・ガッチが言った。宇宙人襲来の本を読んだせいで、自分が専門家か何かであるような気持ちになっていたのだ。「記憶を消されているに違いないよ」

子供たちは、もしかしたら先生がゾンビのように変えられてしまったのではないかと震え上がった――クルムホルンも杖も見分けがつかなくなってしまったのではないかと。

「先生、あなたのお名前は？」ダニエル・テイラーがそっと訊ねた。「憶えてらっしゃいますか？」

先生の健康と将来すべてを占うかのような、長い沈黙が流れた。そして、先生はゆっくり子供たちのほうを向くと、彼らに目の焦点を合わせた。

「私はボーウェン」彼女が言った。「ボーウェン先生よ」

安堵のため息が、子供たちの間に広がった。ボーウェン先生がみんなのもとに帰ってきたのだ。生徒たちは友人を迎えるように、先生のまわりに群がった。彼女の手を取り、さも愛おしげに顔を見上げる。そして、とても優しく、とても静かに、子供たちは先生を守りながら学校へと戻っていったのだった。

骨集めの娘

The girl who collected bones

穴を掘るのが好きではない者などいない。これは人間の性《さが》なのだ。誰だって自分の手を泥まみれに汚したい。地中に何があるのかを知りたい。墓掘り人や考古学者、それに庭師といった人びとは漏れなくプロの穴掘り師たちだが、だからこそ彼らはほぼ例外なくあんなにも楽し気で、仕事にも時間どおりに現れるのである。

ギネス・ジェンキンスも、例に漏れず穴掘り好きである。彼女は、ガワー半島に建つ小さな家に住んでいた——これは、南ウェールズから垂れ下がるようにしてブリストル湾に突き出した、ジグソーパズルのピースのような形をした半島である。ギネスにしてみればガワーに住みたい理由はいくらでもあるのだが、中でも特に、ずっと海から離れずにいられるのがよかった。玄関前の階段に立てばほとんど一年をとおして潮の香りを風に嗅ぐことができたし、庭のはずれから続く丘に登れば——週に二、三度そうするのが習慣のようになっているのだが——紺碧の湾が眼下に広がり、頂《いただき》まで登り詰めたなら、丘の向こうにさらなる大海原を望むことができるのだ。

四月も始まったばかりのある日のこと、彼女はその広々とした侘《わび》しい丘の上に座り、こしばらくの間自分の人生に起こったできごとにあれこれと思いを巡らせていた。そんな考えごとのせいだろうか、彼女は自分でも知らず知らずのうちに苛立ちを募らせ、かかとで地面を蹴り付けると、地を覆う草をあたりに飛び散らせた。その下から、茶色の湿った土が顔を出す。ギネスは動きを止めた。地面が妙に生々しく見えたのである。好奇心を持つ少女ならば、彼女でなくとも抗《あらが》えまい。ギネスは座ったまま体勢を整えると、ブーツのかかとでさらに地面を掘り続けていった。

四インチほど掘ったところで彼女はかなり大きさがある、片方の端が鋭い灰色の石を見付けた。地面から取り出し、表面についた泥を払い落としてみる。なんと見事な石なのかしらとギネスは胸の中で言った。両手で挟み込むようにしてしっかりと握りしめ、鋭い縁を地面へと突き立て、掘りはじめる。それから五分もしないうちに彼女は平たい石を使って、かなり大きな穴を丘肌に掘っていた。

ギネスは手にした石を脇に置くと、暗い地中を覗き込んだ。ローム層のかぐわしい香りが立ちのぼってくる。ねじれ曲がった木の根や石英《せきえい》の破片が、穴の底のあちらこちらに見えた。太陽の光などとは明らかに無縁のさまざまな多足類が、穴のそこかしこを這いずり回っていた。ギネスはふと、穴の側面から何か白いものが突き出しているのに気がついた。彼女はそれを握って引き抜いた。きれいに土を落とし、まじまじと見つめる。よく観察してみると、それは四、五インチほどの長細い骨だった——靴べらか、下の浜辺で波に洗われたマテ貝のような形をしている。

骨は古びてぼろぼろで、まるでビスケットのように乾き切っており、彼女は、もしかしたら何百年も、ともすれば何千年もそこに埋まっていたのではないかと思った。

「ぼろぼろの古骨」彼女はそう言うと座り直し、手にした骨を数分間じっと見詰めた。それから立ち上がって骨を上着のポケットにしまうと、丘を下りはじめたのだった。

自宅に戻ると彼女は、即席のシャベル代わりにしたあの鋭い平石を庭先に生えた丈の長い草むらに放り出した——散歩に出た先から持ち帰ったものの中で、大き過ぎたり不潔だったりして家に持ち込みたくないようなものは、そこに投げ出しておくのだ。しかし上着のポケットにしまったあの骨は取り出さず、その週のうちはどこに行くにも一緒に持ち歩いたのだった。教会に立ち「不滅にして見えざる……」と唄っているときも、教室で教師の話を聞いているときも、上着のポケットの底に手を入れて、骨を握りしめていたのだった。そのように、賛美歌の合唱や授業に加わっているように見えても、彼女のどこか一部は手のひらで温められた骨と共に、いつでもポケットの奥底にいたのだった。

骨を集めようと思ったことなど、ギネスには一度もなかった。たまたま次の日曜日にあの平石を携えてふたたび丘を登り、そこで苔に覆われたいかにも興味深い小さな岩を発見したのである。彼女は岩の大きさをざっと見繕《みつくろ》うと仰向けに寝転がり、両足を岩に押し当てて前後に揺さぶった。そうして揺さぶりながら勢いをつけ、地面から蹴り出してしまったのである。

岩の無くなった跡には、気味の悪い蟲《むし》たちがもぞもぞと這いずり回っていた。ギネスはその蟲たちを穴の剝《む》き出しになった地面の片側に追いやると、両手を握りしめて地面を叩いてみた。地面は、しっかりと固まっていた——あんなにも重そうな岩が鎮座していたのだから、無理もない話である。彼女は脚を組んで草の上に座って楽にすると、シャベル代わりの平石を手に取り、まるで穴居人《けっきょじん》の娘のように地面を掘りはじめた。

前回に比べてなかなか何も出てこなかったが、ギネスはそれでも掘り続け、五分か十分かしたころ小さな骨を二本、そして曲がった骨を一本見付け出した。この曲がった骨は元はもっと大きな骨の一部だったと思われたが、とにかく古びてぼろぼろになっており、どんな骨から欠けたものかはとても想像がつかなかった。

発掘二日目の終わりにギネスは新しい三本の骨を小川に持っていくと、氷のように冷たい水で泥を洗い落とし、ハンカチにくるんでぽんぽんと叩きながら乾かした。じっとよく観察してみる。それから、先週見付けたあの骨を取り出すと四本まとめてハンカチにくるんで家に持ち帰った。彼女が歩くと、まるで洗濯袋の中に入れた木の洗濯ばさみのように、骨はぶつかり合ってからからと音を立てた。

ギネスはその週のうちにさらに二度の骨集めに出掛けると、間もなくして庭先の物置小屋の裏に隠しておいた丸い鉄バケツを持ち出さなくては運べないほど、大量の骨が集まった。彼女は、骨の在処《ありか》を見つけ出す、ちょっとしたこつを摑んでいた。何も見当たらないところではたと足を止めてあの平石を取り出すと、ものの数分のうちに数本も骨を掘り出してしまうのだ。もしかしたらこれはただ単に、彼女が骨のたくさん埋まっている丘のそばに住んでいたというだけの話なのかもしれない。だがときには立ち止まろうとも掘ってみようともまったく思わないまま、何マイルも歩き続けることもあったのである。まるで、骨が埋まっている可能性などまったくないのだから、そんなところで足を止めても無駄だと知っているかのように。

何週間かすると、ギネスは簡単なネックレス――比較的小さな骨を選んで紐を巻き付けて繋げる原始的なネックレスである――を作れるだけの骨を集めていた。彼女は二日間そのネックレスを誰にも見えないシャツの内側にさげ、日がないちにち骨の感触を素肌に感じながら過ごしたのだった。たった一度だけ、彼女の母親をマディングレイ夫人が訪ねてきたときは危なかった。大柄で少々やかましい夫人はギネスを見付けると歩み寄り、思い切り抱きしめたのである。ギネスは体じゅうの空気がすべて絞り出され、ふたりの間で押された骨のネックレスが痛いほど食い込んでくるのを感じた。ようやく体を離したマディングレイ夫人はギネスの肩を優しく叩いたが、まるで「なんて骨張った子なのかしら」とでも言わんばかりの心配気な表情を顔に浮かべていた。

数週間後、ギネスは最後の骨を掘り出した――まるで木の匙の先のように、丸く浅い骨である。今や彼女の骨はバケツから溢れんばかりになっており、もうこれ以上は必要なかった。もし必要が生じたとしたらそのときには難なく見付けることができるのだと、彼女には分かっていた。ギネスはふと思った。そういえば骨集めを続けている間、いったいこの骨たちがどこから来たものなのか、大して考えたことがなかった。羊の骨かもしれないし、兎の骨かもしれない――もしかしたら先史時代の遺骨なのかもしれない。しかし、そんなことは特に大事なことではなかった。だって骨は骨じゃない、と彼女は胸の中で言った。

たっぷりと骨を手に入れた彼女は、まるで人が犬を散歩に連れ出すのと同じように、夕方になるとバケツをさげて丘を登るようになった。ある木曜日、学校が終わると彼女は骨のバケツを手に丘の頂に登って座ると、眼下に広がる海原を眺めた。まだそれなりに暖かく、特に何もすることが無かった彼女は骨をひと摑み取り出すと、それを注意深く地面に並べはじめた。上に大きな骨を並べ、その下に小さな骨を並べていく。それからまっすぐな骨を直角になるよう置き、その間に曲がった骨を置いた。

翌日も彼女は同じように骨を並べたが、今度は骨の端同士が連なるように置いていった。そしてそのまた翌日になると、今度はまったく違った形になるよう骨を広げた。骨を並べ終えると彼女はいつでも何歩か離れ、どんな風に見えるのかを確かめた。日曜日、ギネスはまん中に空間ができるように骨を並べた。そして、そっと中に入ると骨に囲まれて草地に身を横たえた。

暖かな夕方の陽射しに頰をぬくめられて寝そべりながら、彼女は自分の体内にあるさまざまな骨に想いを巡らせた。腕の骨、あばら骨、そして手足の小さな骨。もし自分がすっかり骨だけになって風に吹かれながら、いつまでも頭上を過ぎていく雲を眺めたらどんな気分だろうかと考えてみた。気持ちいいのだろうか、それともまったく何も感じないのだろうか。

二ヶ月前に、彼女は祖父のもとを訪ねていた。祖父はお気に入りの肘掛け椅子に座っていたが、どうもあまり座り心地が良さそうには見えなかった。腰掛けたままひっきりなしに身をよじっているのである。

ギネスが幼かったころ、祖父は彼女を乗せた乳母車を押してくれたものだった――店に行くときも、叔母さんに会いにいくときも。よく海に泳ぎにつれていってもくれた。一風変わった考えを持つ、一風変わった人物であった。しかしギネスは祖父にならなんでも話せたし、祖父が真剣に聞いてくれるのも知っていた。

最後に訪ねたあの日、祖父はもう二度と落ち着くことなどないかのように、肘掛け椅子で身をよじっていた。彼女に気付くと祖父は顔を上げ、首を横に振ってみせた。

「まったく、ぼろぼろの古骨め」

祖父が死んだのは、その二日後のことだった。ギネスはもう会うことができなくなってしまったのだ。母親から訃報を聞かされると、ギネスはわっと泣き崩れた。一日じゅう泣き続けるかのようだった。涙を止めようとがんばっても目の前には祖父が逝ってしまったのだという恐ろしい事実が待っていて、彼女はまた泣きだしてしまったのだ。

母親は、いずれ時間が経てば慣れるからと言ってくれた。しかしギネスは、慣れたりしたくないと答えた。祖父を取り戻すことができるなら、他には何もいらなかったのだ。

だが今、自分で集めた骨に囲まれて寝そべりながら体の中にある腕やあばらや手や足の骨のことを考えていると、ずっと感じ続けてきたのとは違う感情が、湧き起こりはじめていた。

顔に夕陽が当たり、風が彼女を撫でていく。彼女は、天からでは自分と集めた骨はどんな風に見えるのだろうと考えた。やがて体を起こすと、さほど離れていないところに祖父の姿が見えた。老いた祖父がじっとそこに立ち、彼女のことを見詰めていたのだった。

驚きも、かすかな恐怖すらも感じなかった。そこに祖父がいるのを、ギネスは予期していたかのようだった。しばらく彼女は祖父を見詰めながら、祖父のことを考えた。そして最後にまた、仰向けに寝転がった。

骨に囲まれて寝そべりながら、しばらく陽射しと風を感じていた。それから立ち上がると骨を拾い上げてまとめ、丘を下りだした。次の土曜、彼女は骨をバケツごと持ち出すと、ここがいいと感じた場所にすべて埋めてしまった。いつか誰かが必要としたときに、骨がそこで待っているように。

もはや跡形もなく

Neither hide nor hair

フィントン・ケアリーは体つきこそ小さかったが、いつでもひとこと言わずにはいられぬたちであった——むらっ気のあるむっつりとした少年で、みんなが心の中だけに止《とど》めて口に出さないほうが賢明だと思うようなことでも、いつでも必ず声に出して言ってしまうのである。他の子供たちが危険を察してびくびくと迂回するようなときも、フィン少年は真っ向からそれに対峙してみせる。おかげで彼は周囲から一目置かれ、動向を大いに楽しみにされていたが、もし彼が真逆の性格だったならば人生はもっと歩みやすいことだったろう。

フィンの父親は、彼がまだほんの赤子だったころに家を出ていってしまった。それっきり、すっかり跡形もなくなってしまったのである。とはいえ、フィンにはどうでもいいことだった。自分を気にかけてもいない父親のことを、自分が気にかける必要などないではないか。それに、フィンと母親のふたりきりしかいない家では、そんな余裕などありはしなかったのだ。母親は、少々頑固なところがあることで知られた女だった。フィンの気質はよく母親譲りだろうと言われた。しかしフィンは、自分がこうも偏屈になったのはすべて自分のせいなのだと言って、決して譲ろうとはしなかった。

ふたりはしょっちゅう言い合いになったが——たいていはごくつまらないことで——双方にとって長くつらい一日の終わりには、いつもフィンが退散するはめになった。ざっくばらんに言えば、そんなふうにくたびれ果てていつも苛立っているふたりなのだから、しっかりと離れているほうがよかったのだ。

フィンの母親が、彼の夕食をテーブルに用意する。フィンがそれを品定めする。グレイビー・ソースをたっぷりかけた、すじ肉の小さな塊《かたまり》である。それを見下ろして、マッシュ・ポテトの山がエベレストのようにそびえ立っている。その横には、しなびた青菜が染み出た青汁に浸って積み上げられていた。

「さあ、お食べ」フィンの母親が言う。だが、フィンはじっと皿を見詰め続けた。

「お腹すいてない」長い沈黙の後、彼が口を開いた。

母親は、じろりと息子に視線を送った。フィンには、彼女の中でもうふつふつと怒りが沸き立ちはじめているのが分かった。何も知らない人から見たら彼女の様子は穏やかに見えたことだろうが、フィンには手に取るように分かるのだ。あらゆる怒りや癇癪《かんしゃく》が、皮膚のすぐ内側から彼女を苛《さいな》んでいるのが。

彼女は、フィンがようやく目をそらすまでひたすら彼のことをじろじろと見詰め続けた。

彼は肉を薄く切り取るとマッシュ・ポテトをすこし塗り付け、それをまとめて口に入れた。座ったまま噛みしめる。彼は、わざと大げさに噛んでみせた。このたったひときれを噛むのにひと晩じゅうかかるとでもいった顔をして、延々と噛み続けたのである。

「葉っぱも食べなさいよ」母親はそう言うと、自分のフォークで息子の皿を叩いた。

フィンは皿の上でしなびた青菜に視線を落としながら、頭の中にいくつか言葉が浮かぶのを感じた。口にしたならば、ほぼ必然的に夕食どころではなくなってしまうような言葉である。彼は、黙ったまま胸の中にその言葉をしまっておこうと考えた。だが胸をむずつかせ、口にしない限りはどうしてもすっきりしない思いはあるものなのだ。

「まったく、こんなもん自分で食いなよ」彼が言った。

背もたれに寄りかかり、全身に行き渡る卑しい愉悦に浸る。母親に目を向け、彼は何か言われるのを待った。だが、長く待つまでもなかった。すぐに母親の口から、ありとあらゆる言葉が迸《ほとばし》り出てきたのである。耳慣れない言葉もあった。きっと頭に血が上った瞬間に作られた、造語のようなものなのかもしれない。それとも、よほどのときにだけ使う言葉なのだろうか。いずれにせよフィンには、もう話などさせてもらえないのは分かり切っていた。母親が一方的にまくしたてるに決まっているのだ。

彼女は息子の耳を摑んで上の階へと上った。よろめきながら母親の後を追いつつ、フィンは耳を引っ張られる信じがたいほどの痛みに驚嘆すら覚えていた。母親はフィンを彼の部屋に突き飛ばすと、甘やかし過ぎて駄目にして、感謝を忘れさせてしまったと罵《ののし》り、明日まで顔も見たくないと怒鳴《どな》りつけた――もっとも、明日などすぐそこではあったのだが。母親は、ドアを閉めかけてふと躊躇《ちゅうちょ》した。きっと何か言いたいことがあるのだろうとフィンは感じた。彼自身いくらでも思いつくような、汚い言葉が。そんな言葉が母親をむずつかせているのが、彼にはよく分かった。母親がそれを抑え込もうと、深呼吸をする。だが、無駄だった。

「そんなだから、父さんにも捨てられちまうんだよ」母親はそう言うと、叩き付けるようにドアを閉めた。

フィンはその場に立ち尽くした。最初は、ひどい寒気を感じた。まるで遙かな高みから落下するかのような、空虚で猛烈な感情を感じた。だがものの数秒のうちに、彼の中で怒りが燃え上がった。まるで熱い石炭を誰かに放り込まれたかのように、腹の中で熱気が吠え立てているのである。彼は静かな怒りを燃やして立ち尽くしたまま、さっきの言葉の代償を母親に払わせてやるのだと胸に誓った。傷付けてやるのだ――自分が傷付いたよりもずっと深く、母親を傷付けてやるのだ。

しばらくの間、彼は木霊《こだま》する母親の言葉に取り囲まれながら、ベッドに腰掛けていた。それから立ち上がると椅子にのぼり、クローゼットの上からスーツケースを下ろした——母親と一緒に出掛けるときにいつも荷物をしまう、小振りのスーツケースである。引き出しを開け、両腕いっぱいに靴下を抱えて取り出す。自分でも理由は分からないが、彼がこれから向かう先ではありったけの勇気と決心に加え、山ほどの靴下が必要となるはずだと思ったのだ。彼が物音を立てぬようにして着々と荷造りを進める間、母親のほうはといえば階下のキッチンでテーブルに着き、両手で頭を抱えていた。「なんてことを言ってしまったのかしら」思わず声に出して言う。「なんてひどいことを、なんてひどいことを言ってしまったの」

フィンは宵闇の訪れを待ってから、そっと部屋の窓を開けた。数マイルほど先に、隣村の灯りが見える。彼は茂みに狙いを定めて小さなスーツケースを投げ下ろした。それから窓に背を向けると後ろ向きに抜け出し、雨どいに片足をかけてから暗闇の中へと降りていったのだった。

道を歩きながら息を吸い込めば、夜気は胸の中であまりに鋭く、冷たかった。フィンがとにかく短気な少年であることを思えば意外だが、彼が実際に家出をしたのはこれが初めてのことだった。無論、家出してやろうと思ったことは数限りなくあったが、今回はいろいろなことを考えた結果、またとない機会ではないかと思えたのである。たとえば人殺しに遭ったり飢え死にしたりすることを思うと、家出が恐ろしくなる理由もちらほら見当たらないではなかった。だが靴下をいっぱいに詰め込んだスーツケースを抱え、明るい月明かりを頭上から受けて歩きながら、彼は自分のように頑なであれこれ意見を持つ少年であれば、家出のひとつくらい難なく成功させられるはずだと胸に言い聞かせたのだった。

三十分と歩かないうちに、彼は森の端に差し掛かった。奥の知れない深い森で、子供が立ち入っていいような場所ではない。大の大人がたっぷり食料を用意して地図を手に分け入ったっきり、ぱたりと姿をくらませてしまうようなところなのである。フィンはたった一度だけこの森に足を踏み入れたことがあったが、そのときは母親と一緒に、せいぜい五十ヤードか百ヤード程度進んでみただけだった。日が暮れてからこの森のそばを訪れた子供の話を耳にすることなど、およそありはしなかった。

実に妙な話だが、フィンは森に踏み込んだその瞬間、我が身に強力な変化が起こるのを感じた。土と木の香りが、この上なく心地よく感じられたのである。聞こえる物音も、彼が想像していたものとはまったく掛け離れていた。森は生きていたのだ——まるで巨大な有機機関のように、かちかちかたかたと小さな音を立て続けていたのである。奥深くへと足を運びながら彼は、まるで自分を包み隠そうとしているかのように、背後で森がゆっくりと閉じていくのを感じた。

彼はしばらく歩き続けてから——おそらくは二十分ほどだろうか——大きく枝を広げた高い木の下に腰を下ろした。スーツケースの蓋を開く。丸めた靴下がぎっしりと詰まっている様子を月明かりが照らし出すと、彼は何とも言えない物悲しさに襲われた。だから彼は蓋を閉じるとスーツケースを地面に放置し、ふたたび足を踏み出した。そして、夜通しずっと歩き続けたのだった。

ようやく日の出を迎えると森を取り巻く物音がゆっくりと変わりはじめた。まるで森の半分が目覚めて残りの半分が眠りに就いたかのように、かちかちかたかたというあの音が、熱に浮かされた喋り声のようなものに変わったのである。

フィンは休むことに決めると地面に腰を下ろした。時間は確実に、しかしひどくゆっくりと過ぎていった。すぐそばからもずっと遠くからも、方々でがさがさと茂みを掻き回すような音が聞こえたが、何羽かの鳥とおびただしい数の蟲《むし》たちの他に、興味を引くようなものはなにも見当たらなかった。その日に起こった最大のできごとは午後遅く、女性の声が聞こえたことである。それは、彼の名を大声で呼ぶ母親の声だった。声は遠くから近付き、さらにすこしだけ近付いた。それから、ゆっくりと遠ざかっていったのだった。

二日目、フィンは強烈な空腹を抱えて目を覚ました。どうやら夜中に自分が泣き続けていたことを、彼はぼんやりと思い出した。泣いていたのが自分なのは分かったが、いかんせんそのときは半分眠りこけているようなありさまだったので、ちょうど前日に母親の声を聞いたのと同じように、まるで他の誰かが泣いているのを耳にしているような気分だったのだ。

彼は何本かの木に登ると、果実や木の実をもいだ。味のよいものはとっておいて後で食べた。そして不味くてとても食べられないものは二度と採らないようしっかり胸に止めた。そうして日々が過ぎるにつれ、彼は大して心配しなくともあらゆるものが――小枝や草までふくめ――食べられるのだと理解していった。そして、多少なりとも心惹かれるものがあればそれを食べ、小川に出ては喉を潤《うるお》したのだった。

日が沈むと、彼は木の葉や枝で身をくるんだ。地面に浅い穴を掘り、枝や土をかぶってそこに寝そべった。一度は木の上で寝たこともあったのだが、これはとてつもなく寝心地が悪く、その上ひと晩じゅう、そのまま落下して地面で首を折るに違いないと恐ろしくてたまらなかったのだった。

走るのも、木登りも、木の実を割り開くのも、彼はずいぶんと上達していった。ありとあらゆる意味で、彼は自分がゆっくりと変化しているのを実感していた。だが、彼は決して立ち止まりはしなかった。特に方向を定めていたわけではない――とにかく森の奥へ奥へとひたすら進み続けたのである。

さて、数週間後か数ヶ月後か、ともかく彼はふと、自分が母親のことを考えなくなっていることに気がついた。ずっと長い間、母親のことをまったく考えていなかったのだ。肉体が変化しているのと同じように、彼の精神もまた変化していた。素朴かつ単純なものへと、時間をかけて削ぎ落とされていったのである。彼はもう、次に待ち受ける刹那《せつな》のことしか考えなかった。そうすると何か、深い安らぎのようなものを感じるのだった。

靴も衣服も、穴が開けば適当にその場で見付けたものを当てて繕《つくろ》った。彼からは折り重なった木の葉や千切った枝が突き出し、もしそのままじっと立ち尽くしていれば誰にも気付かれることなく姿を消すことができそうな気がした。フィンは折れた枝を見付けるとすこし手を加え、いつか老人が口にくわえていたパイプのような形に整えた。そして気が向けば夜になると眠りに就く前に座り込み、そんな老人たちのまねをしてパイプを口にくわえてみるのだった。無論、マッチも煙草も持ってはいなかった。だから彼は遠くへと広がっている森を見詰めながらただパイプを噛むのだが、そうすると体から強ばりが抜け、これから長く暗い夜を過ごす心構えができるのだった。

森で過ごしはじめて、もうずいぶん長いこと経っていた。一年か、それとも二年になるだろうか。髪は長く伸びてもつれ合い、肌には分厚い泥汚れがこびり付いていた。倒木に腰掛け、蟲の死骸の中を這い回る蟲たちを眺めていたときのこと、ふとがさがさと葉を踏みしめるような音が聞こえて振り向いた彼は、十フィートと離れていないところに大きな茶色い犬がいるのを見付けた。犬は彼の存在に気付くと、ぴたりと動きを止めた。牙を剝《む》き出し、うなり声をたてる。目はフィンを睨《にら》み付けたままだ。だが、フィンは身じろぎひとつしなかった。枯れて倒れた古木に座って犬を見詰めたまま、話しはじめたのである。あれこれと話すその内容はほとんどがまったく意味の分からないものばかりだったが、それでも彼は静かに落ち着いた声で話を続けた。犬は彼の話を聞いているうちに徐々にうなり声を小さくすると、やがて頭を垂れてその場から姿を消してしまったのだった。

それから二、三日の間、ときおりすこし離れたところから小枝の折れる音や、茂みを掻き分ける音が聞こえてきた。そしてある夜、彼が寝床をこしらえ枝葉をかぶって眠りに就いて、翌朝に目を覚ましてみると、あの犬がすぐ隣で丸くなっていたのだった。ぐっすりと眠っているようだったが、フィンにはそれが寝たふりであることがはっきりと分かった。瞼《まぶた》を閉じてはいても、彼の一挙一動に聞き耳を立てているのがありありと分かったのである。そうしてその日から犬は彼のそばを離れることなく、いつでも長い茶色の耳を顔の脇に垂れ下げながら、大きな茶色い瞳でフィンの姿を見詰め続けるようになったのだった。

一緒に森を歩いていると、犬はときどき茂みの中に走り込んでいくことがあったが、いつでも数分ほどするとまたゆっくりと駆け戻ってきた。ふたりは、とても馬が合うようだった。どちらにも取り立てて行くあてがあったわけではないが、一日に何度か休憩するとき以外は、ひたすら足を運び続けた。

しばらくすると、少年は自分と犬が深く通じ合うことができているのに気付いた。夜にはお手製のパイプを取り出し、犬と並んで座りながら、心に浮かぶことをなんでも語り合った。犬は、自分がいかに飼い主に苛められたかを話して聞かせた。話しながら犬はふと口をつぐみ、いかにも情けなさそうに地面をじっと見詰めた。犬が言うには、何度かひどく叩かれ、次に同じ目に遭ったときにもう我慢できなくなって窓から飛び出し、歩き回った末にこの森に辿《たど》り着いたのだという。

犬は少年に、君はいったいどうしてこんな森の中で暮らすことになったのかと訊ねた。少年は、自分がその理由を思い出せないのに気付いてどきりとした。自分が誰かと言い争いをして、犬と同じように逃げ出そうと心に決めたことは覚えている。かつてあんなにも自分の意見に自尊心を持っていた彼の記憶には今やぽっかりと穴が開き、あんなにも強固で揺るがないとすら思われたはずのものは、何もかも洗い流されてしまっていたのだった。

少年と犬は滅多に言い争ったりしなかった。意見が食い違うのは唯一、食事のことだけだった。自分たちがいったいどこを目指し、何のために歩いているのかなど、一度たりとも疑問に思わなかったのだ。ふたりはただ一歩、また一歩と足を踏み出し続けながら、太陽が木々のてっぺんから滑り落ちかけると、その夜を過ごすためにどこか濡れずに済む場所を探すのだった。

ある夜のこと、少年は犬と話をしているときに、これまでに名前をつけてもらったことはないのかと訊いた。少年は座ったまましばらく考えると、確かに名前があったはずだがどうしても思い出せないと答えた。そして、たとえ名前があったにしろそれはあの残虐な飼い主がつけたものだし、思い出したくなどないのだと言葉を続けたのだった。

「君はどうなのさ？」犬が訊ね返した。「君にだって、名前があるはずだよ」

少年は、はたと困惑した顔つきになった。

「あったよ。でも忘れちゃったんだ」

自分の名前を忘れてしまったという事実に、少年は犬よりもずっとまごついた。腰掛け直すと改めて名前のことを考えたが、やがて犬から気にするなと声をかけられ我に返った。そして一緒に横になって枯葉で体を覆ってしまうと、眠りに就くため瞼を閉じたのだった。

数ヶ月後、犬と一緒に歩いている少年を、とつぜん妙な感情が襲った。立ち止まり、きょろきょろとあたりを見回す。犬はいったいどうしたのかと訊ねたが、少年は自分でもよく分からなかった。周囲に生えている木々には、妙な見覚えがあるように思えた。まるで夢の中で訪れたことがあるかのようだ。ふたりはまたしばらく歩き続けたが、やがて少年はまたいきなり立ち止まった。振り向き、離れたところに立つ大きな木を指差す。

「あの木、知ってるぞ」少年が言った。

ふたりは歩み寄ってみた。木に辿り着くと、少年は根元に広がる茂みのあたりを探りはじめた。

いったい何を探しているのかと、犬が訊ねた。

「分からない」少年は答えた。

そして枝を一本拾い上げてワラビの茂みを掻き分けると、生い茂ったシダの中に小さなスーツケースが転がっているのを見付け出した。スーツケースの表面には染みが広がり、濡れそぼっていた。蓋は、分厚い苔にびっしりと覆われていた。少年がしゃがみ込んで留め金を外すと、バネ仕掛けの錠が開いた。蓋を持ち上げると、中には丸めた靴下がぎっしりと詰まっていた。

犬はスーツケースに鼻先を押し当てるようにして、くんくんと臭いを嗅いだ。

「これ、君のかい?」犬が言った。

少年は、当惑した顔をして、「そうだと思うけど」と答えた。

ふたりはしばらく木陰に座っていた。少年は、考えることが多過ぎてわけが分からないような気持ちになっていた。まるで、自分の秘密を覆い隠していた森が、ゆっくりと開かれていくような気分なのだ。彼は顔を上げると、遠くをあごで示した。

「僕はあっちから来たんだ」

犬も同じほうに顔を向け「戻るつもりなのかい?」と訊ねた。

少年は、ただじっと同じ方角を見詰めていた。

「どうしよう」しばらくして、少年が言った。

ふたりは森の端に出てゆくと暗くなるまでそこで待ち、さらにもうすこし、そのまま待った。それから一緒に立ち上がると、互いにさよならを言ったのだった。犬が言いたいことなど、少年には訊くまでもなく分かっていた。

「待ってるのに疲れたら、どこにでも行っていいんだからね」彼が言った。

少年は、道を歩きはじめた。一歩踏み出すごとに新たな記憶の断片が彼を出迎え、ひとつひとつの過去がそれぞれあるべきところへと収まっていった。この何年もの間で彼は初めて、自分が向かうべき場所を自覚していた。それでいいのかどうかは、自分でも分からなかった。足はゆっくりと、少年を自宅へと向かわせているようだった。そして三十分もしないうちに彼は暗闇の中に立ち尽くし、自分が幼い年月をずっと過ごした田舎家を見上げていたのだった。

門を開け、灯りの漏れている窓辺へと足音を殺して近付いていく。古い肘掛け椅子に、母親が腰掛けているのが見えた。眠りこけているその姿は少年の記憶よりもずっと歳老いていたが、それでも彼の母親に間違いなかった。

彼は、家に駆け込んで母親を抱きしめてしまいたい気持ちに駆られた。窓を叩き、夢の中から揺り起こしたい気持ちに駆られた。だが、自分にはそれができないことに彼は気付いた。森の中で慣れ親しんできたあの暮らしから自分を引き剝《は》がし、昔の暮らしへと戻っていくことなどできはしないのだ。だから彼はまるで幽霊のように窓辺に立ち尽くしたまま、静かに眠っている母親をじっと見詰め続けたのだった。

少年は、記憶の嵐に取り巻かれるようにして、元来た道を駆け戻った。森で過ごしてきたいくつもの夜よりも、今の夜闇は遙かに荒涼として恐ろしく感じられた。森の端まで駆け戻ると、犬が彼を出迎えに歩み出てきた。そして、いったい彼の中で何が起きているのかを探ろうと、少年をじろじろと眺め回した。

「大丈夫かい？」やがて、犬が口を開いた。

少年はうなずいた。そしてもう何も言わず、ふたりで森の奥へと姿を消していったのだった。

川を渡る

Crossing the river

一般的に「霊柩車」と言えば死者をある場所から他の場所へと移すために用いられる黒塗りの自動車のことであり、中に収められた棺《ひつぎ》が見えるよう両側には大きな窓が取り付けられ、黒装束を着た人が数人、背筋を伸ばして棺に付き添っているものである。

霊柩車はえてして、とてもゆっくりと走る。すべるように進んでいくのだ。そして、まるで太陽を覆い隠してしまう巨大な黒雲のように、陰鬱な空気を通りにもたらしていくのである。

霊柩車にクラクションを鳴らしたり、パッシングしたりするのは、老女を殴り倒したり図書館で大笑いしたりするのと同じように、マナーを欠いた行いであるとされる。そして棺を載せた霊柩車に出くわしたときには帽子を取って姿勢を正し、通り過ぎるのを待つことが作法である。もし帽子をかぶっていないのなら、頭を下げること。これは「死者への敬意を示す行為」と呼ばれるが、実際には死者ではなく、死そのものに敬意を示しているのである。

　ウッドラフ家は、葬儀屋になるために生まれたかのような一家であった。老ウッドラフ氏はさながらブラッドハウンドのような顔つきをしており、ヴァーノン、アール、レオナルドという三人の息子たちは揃いも揃って、これ以上哀れな顔があろうかと思えるほど陰鬱な面相の持ち主なのである。ウッドラフ一家は、そもそも幸福とは縁遠い一家であった。そのうえ妻であり母であるリリアン・ウッドラフが息子の成長を見届けることができずに他界して、ただでさえつらい暮らしをさらにつらくし、残された四人の人生を悲哀で染め抜いてしまったのである。

　老ウッドラフは好んで助手席に腰掛けた。家長としてそうするのが道理であると思っていたし、自分の厳めしい風貌は厳粛な空気を作るのにひと役買うはずと考えていたのだ。一方の息子たちには取り立ててお気に入りの席こそなかったが、たいていはヴァーノンが運転席でハンドルを握り、アールとレオナルドは後部座席に着くのだった。

　霊柩車を降りているときにはまっすぐ前を見詰め、できるだけ無表情でいるのがいいと一家は感じていた。鼻をほじったり、笑みを浮かべたり、あくびをしたり、顔をしかめたりするのは、どれも適切ではないのである。たとえば道端で知った顔と出くわしてもぶっきらぼうに頭を下げるか控え目にちょっと目配せしてみせる程度だったし、霊柩車の中で話をするときは、できる限り表情を崩すことなく唇の端だけで会話するようなありさまだった。

だがウッドラフ一家は自分たちの仕事を実によく心得ていた。長年にわたって彼らは数百もの、いや、ともすれば数千もの亡骸《なきがら》を、最後の褥《しとね》へと送り届け続けてきたのである。自宅に死体ができると、人はよく最初にウッドラフ家に電話をかけた。そんなときには一家の陰鬱な空気が、まさにおあつらえ向きなのである。だがそんな名聞も老ウッドラフにとって、あの破滅の金曜日にはなんの慰めにもならなかった。ある老人の葬儀に向かおうと亡骸を載せて田舎道に霊柩車を走らせていたときのこと、バックミラーを確認したヴァーノンが、後から付いてきているはずの老人の遺族が影も形も見えないことに気付いたのである。

「なんと」ヴァーノンが言った。

「なんと、とはどういう意味かね？」老ウッドラフが言った。

「ご遺族がどこにもいないんだ」ヴァーノンが答えた。

長年培ってきた経験がなければきっとアールとレオナルドは背後を振り向きたい衝動に抗《あらが》うことができなかったろうが、ウッドラフ家の四人は、見ている者など誰ひとりいないにもかかわらず、じっと道の先を見詰め続けた。ヴァーノンはゆっくりと霊柩車を止めると期待を込めてバックミラーを覗いたが、死者の遺族を乗せた車は、やはりどこにも見当たらなかった。

「おい、間抜け」レオナルドが後部座席から声をかけた。「どうやったら見失ったりするんだよ」

そう言われてもヴァーノンには、さっぱり分からなかった。

「もしかしたら、道を間違えて曲がってしまったのかもしれない」

父親は有無を言わさぬ威厳を込めて、首を振った。

「今日は悪運の日だ」老ウッドラフが言った。「ひどい悪運の日だ。ベッドを出たその瞬間から、私には分かっていた」

ウッドラフ一家は田舎道に止めた車内でそのまたっぷり五分間も待ってみたが、他の車はただの一台たりとも通り掛からなかった。

ついに、老ウッドラフが怒りを噴出させた。

「まったく馬鹿馬鹿しい」そう言って、車を出すようヴァーノンに言う。「とにかく、教会でご遺族と合流しなくてはならんぞ」

そうして一家は、ただでさえ狭いのにだんだんとさらに狭くなっていく道を、どんどん進んでいった。どの道もどの道もひどく荒れてでこぼことした、名前などないような道ばかりであった。急な丘の斜面を走行中にタイヤがひとつ地面に開いた穴に取られ、霊柩車の車体が激しく揺れた。まるで埋葬されるのが嫌で心変わりをした死者が暴れだしたかのように、棺が飛び跳ねた。アールとレオナルドはしかし、顔色ひとつ変えなかった。過去にもっとひどいでこぼこ道を走ったことがあったので、言葉ひとつ発することなく、棺に後頭部を打たれないよう背後に手を伸ばしたのだった。

分厚い茨の茂みが、高い音を立てて霊柩車の側面をこすった。老ウッドラフが、また首を横に振った。

「道順をよく確認しておかないからだ」と、感情をあらわにして彼は言った。「だから、馴染みの教会にしておくべきだったんだ」

自分たちはいったい今どこにいて、どちらに向かえばいいのだろう。ヴァーノンの自信は、車を走らせている道のようにがたがただった。ときには、口にこそ出さなかったがいったい自分たちがどのあたりにいるのかさっぱり分からなくなることもあった。もしもっと小回りの利く車を運転していたなら、見知った道へと戻るルートを見付けようという気になっただろう。だが両側には高さ十フィートにもなる生け垣が続いており、その内側を走っているとますますわけが分からなくなっていくばかりなのであった。

さらに二十分ほど小道の迷宮を走り続けた末に、一家は丘の斜面に広がる野原へと出た。

ヴァーノンが車を止めた。右手を進んだところに、広大な川が流れているのが見える。その向こう岸に村の家々が屋根を連ね、その中心から天を突くようにして教会の尖塔がそびえ立っているではないか。

「あったぞ」ヴァーノンが言った。「あれが目指す教会だ」

不吉な沈黙が、ゆっくりと車内を満たしていった。

「橋はどこだ?」レオナルドが言った。

ヴァーノンは親指を立てると、左肩から背後を指して「あっちに十マイルほどのところだよ」と言った。

老ウッドラフはようやく己を取り戻しかけたところだったが、それを聞くとすぐさま改めて打ちひしがれた。がっくりと両手に顔を埋め、情けないうめき声を漏らす。アールは、引っ切りなしに小言や泣き言を口にする父親を見てすっかり嫌気がさすと、いいから落ち着けと思わず言い掛けた。そのとき、レオナルドが川をすぐ下ったところに一軒の小屋が建っているのを見付けたのである。

「よし、みんな車を降りよう」彼は言った。

ハロルド・ディグビーは皿いっぱいのハムと玉子、そしてバターを塗った食パン三枚を平らげ、紅茶を注いだカップを手にして愛用の椅子に腰掛けた。お茶を飲み干してから昼寝をするのが楽しみだ。食事の後にはそうしてうたた寝をするのが、彼のお気に入りの過ごし方なのである。彼は十二時半に瞼《まぶた》を閉じると、午後三時になろうかというころまでぐっすりと眠りこけた。そして、この記録的なうたた寝から本格的に起き出すべきかどうかと頭を悩ませているところに、いきなり玄関の扉を誰かが叩く音が鳴り響いた。

「まったく、いつもこれだ」ぶつぶつと彼がつぶやく。

ディグビーはカップを置くと立ち上がった。そして、誰か大事な客人だといけないので髪を整えてから玄関のドアを開けると、揃いも揃って不吉な顔つきをした黒い背広姿の男たちが、四人で棺をかついでそこに立っていたのだった。

「君は船頭かね？」いちばん年上の男が訊ねた。

ディグビーは、哀れにも気が遠くなりかけた。死の迎えが来たものと思い込んでしまったのだ。自分を棺に押し込め、連れ去りにきたのに違いないと。

彼は音を立てて生唾を飲み込んだ。そして、嘘をついても仕方がないと観念すると「そうだ」と答えた。

「それは何より」老人が言った。「ひとつ仕事を頼みたいのだがね」

ディグビーは、まだ自分が地上で暮らすことを許され、いつまでかは分からなくともやり残したことができるのだと思うと、深い安堵を胸に覚えた。だがしかし、いくら木箱に収められているとはいえ死体を船に乗せるのだと思うと、とても愉快な気分などではいられないものだ。

「いつもは四人しか乗せないんだがね」彼は、自分の船が繋がれているぐらついた桟橋へとウッドラフ一家と棺を案内しながら言った。

「荷物だと思ってくれればいい」アールはそう言うと、とりあえず船頭を黙らせた。

棺はなんの問題もなく船に載せられた。問題は、四人が腰掛ける場所がどこにもないことだった。棺は二本の横木の上にほぼぴったりと収まったものの船はそう広くなく、四人が乗るには棺の側面に身を押し込め、覆いかぶさるようにしてしがみ付くしかないようなありさまだったのである。

老ウッドラフは、車内と同じように自分は船の前面に座ると言い張った。三人の息子たちはなんとか船に乗り込むためにああでもないこうでもないと工夫を凝らしたが、どうしても乗り込むことができなかった。

その間じゅう老ウッドラフは、遅刻してしまうぞ、参列者が待ちくたびれているぞ、と口やかましく言い続けていたが、ようやくハロルド・ディグビーが口を開き、自分は棺にまたがって船を漕ぐが四人にもそうしてもらわないと仕方がないと言って、それを黙らせたのだった。

そうして五人は、まるで気味の悪い遊園地のアトラクションのように並んで棺にまたがったまま船を出した。桟橋を離れる間際も、誰ひとりものを言おうとはしなかった。ウッドラフ一家は、じっと集中していたのだ。五人と棺はいささか重過ぎたが、ディグビーが、身動きしないようによくよく気をつけてさえいればすぐに向こう岸に渡してやると確約したのである。

ディグビーは自分の小屋のほうを向きオールを握り、四人はそれと逆に対岸を向いて座りながら、船は首尾良く川の中ほどまで進んでいった。だが、まるで霊柩車に乗っているように滑《なめ》らかに、そして静かに進んでいると、いきなりレオナルドがもぞもぞと身動きを始めたのである。

「おい、後ろで何をしているんだ？」老ウッドラフが言った。

「パンツがどんどんずり上がってくるんだ」レオナルドが答えた。

とにかく向こう岸に着くまではじっとしていろ、と一家が声をかけた。だがレオナルドは、それどころではない。腰を上げて棺からすっかり尻を浮かせると、煩《わずら》わしいパンツに親指をかけ、ぐいっと引っ張って直したのである。だが、また腰掛け直そうとした彼はうっかり足場を誤り——それもかなり誤り——棺の右側にずり落ちてしまった。残りの面々は急いで左側に体重をかけてバランスを取ろうとしたが、これがやり過ぎだった。ボートは片側に傾くと今度は逆に向けてかしぎ、そのたびに揺れを増すと、ついに引っ繰り返ってウッドラフ一家とハロルド・ディグビー、そして棺を川の中に投げ出してしまったのである。

激しい水音に続き、全員が水面から顔を出そうともがく音があたりに響き渡った。だがまともな水難救助員なら誰でも知っているとおり、裸になって水着一枚で泳ぐのと、何もかもすっかり着たまま泳ぐのとは、まったく別ものなのだ。レオナルド、アール、ヴァーノンの三人は、それほど泳ぎが得意なわけではなかった。ディグビーさえも、船頭という割には泳ぎが上手くなかった。しかし問題なのは老ウッドラフで、一度も水を掻くことを教わったことがなく、とにかく足をばたつかせながら水を掻きむしることしかできなかったのである。

「犬掻き……犬掻き」彼はなんとか泳ごうとして、そして自分を奮い立たせようとして、そう口走った。

ボートはすっかり転覆し、もう一行から二十ヤードは離れたところに浮いている。摑まれそうなものといえば棺しか浮いておらず、五人はそれに摑まると、二度と放すかとばかりにしがみ付いた。

誰かが抱き付くたびに棺は揺れ、浮き沈みをしたが、誰も振りほどかれはしなかった。ひとり残らず無事に掴まると、五人はしばらく飲んだ水を吐き出し、呼吸を整えた。

「父さん、大丈夫かい？」レオナルドが言った。

父親は大丈夫だと答えたが、とにかく一刻も早く川から出なくてはいけなかった。何人かが合図もなくばた足を始めると、すぐに五人揃って棺を押しながら、ゆっくりと岸辺に向けて泳ぎだしたのだった。

「蹴るんだ！」老ウッドラフは、突如として熟練の泳ぎ手になるとそう叫んだ。「水を蹴るんだ！」

対岸に辿《たど》り着いた五人はしばらくの間、水を滴《したた》らせながら忌々し気に毒づいた。そして、ようやくディグビーに対して何らかの償いをすることを約束してから可能な限り身なりを整えて、肩に棺をかつぎ上げ、ウッドラフ一家は丘の斜面を登りだしたのであった。

登り切ってみると、彼らの到着を待ってかなりの人だかりができていた。教会へと向かって進んでいく彼らに、ひとりの老女が向かってくる。いちばん頭に血を上らせている様子から察するに、きっと彼女が死者の妻なのであろう。教会の門に差し掛かった一家が足を止めると、老女は彼らの全身をじろじろと眺め回した。ひとり残らず背広から水がぽたぽたと落ち、髪の毛がぺったりと頭に張り付いているのだ。立ち止まっていると、四人の足元には小さな水たまりができた。

「いったいどちらに行ってらしたんですの？」彼女が老ウッドラフに訊ねた。

老人は咳払いをすると、その場で掻き集められるだけの威厳を掻き集めて、こう言った。

「お調べいたしましたところ、洗礼を受けられた記録が見当たらなかったものでしてね。そこで念には念を入れて、私どもで済ませたほうがよかろうと考えた次第です」

ボタン泥棒

The button thief

セルマ・ニュートンは、まるで幼児のように小さかった。爪先から頭のてっぺんまで、せいぜい数フィートほどしかないのである。どうか将来背が高くなってくれますようにと祈ってはいるものの、一方では何枚かジャンパーを重ね着する癖があり、おかげでだいぶ太って見えた。さらにその上からお気に入りのコートをまとうものだから、背丈も横幅も変わらないほどになるのだ。

コートを買ってくれたのは、ブランチ叔母さんだった。冬になるとセルマはコートのボタンをいちばん上まで留め、すっぽりとフードをかぶる。夏になると、中に空気が籠《こ》もらないようボタンをすべて外して着る。

彼女は異様なほどにそのコートを気に入っており、稀《まれ》に身につけたままベッドに入ることもあるものだから、そんなときには両親が気付いて、普通の女の子のようにパジャマに着替えなさいと叱ってやめさせるのだった。

ある日曜、セルマは耳を温《ぬく》めるためにフードをかぶり、ぬかるんだ土に沈まないようしっかりした長靴をはいて、父親と散歩に出掛けた。貯水池を見下ろしながら小高い丘の上を歩き、その帰り道に、ふたりは一頭の年老いた馬がぽつねんと気怠そうに草をはんでいる放牧場を通り掛かった。いつだったかセルマは、自分の馬を持つ少女の映画を観たことがあった。少女と馬がさまざまな冒険へと飛び込んでいくその映画と出会ってからしばらくは、セルマもいつか自分の馬を持つ日を夢見たりしたのである。セルマの父親は、もしかしたら娘はまだ馬が好きかもしれないと思い、老馬を呼び寄せようと柵の上から身を乗り出して指を擦《こす》り合わせ、ちっちっちっと口の端から音を立ててみせた。老馬はしばらくしてようやく心を決めると、のそのそと歩み寄ってきた。セルマはもう何ヶ月も前に、馬を手に入れることも、それにまたがり冒険に出ることも諦めてしまっていたが、馬を呼び寄せたことを父親があまりに得意そうにしているのがとても嬉しくなり、さも喜んでいるようなふりをしてみせたのだった。

老馬は、急ぐような様子などちらりとも見せなかった。父親がいくら口で音を立て指を擦り合わせようと、まったく意に介する様子もなく、のんびりとふたりのほうに向かってくるのである。ようやくやってきた馬を見て、セルマはまったくなんとみすぼらしく年老いた馬なのかしらと感じた。まるで百五十歳にも見える。両耳の間にはごわごわとした毛がまるでトイレ掃除のブラシのように逆立ち、耳や鼻やあごからは、いろんな毛が伸び放題に伸びているのである。馬はその老いた頭でセルマの父親を押しのけると柵から顔を出し、すぐそばにいる彼女のことをじっと見つめた。

「セルマ、大丈夫だぞ」父親がまるで、馬博士のような顔をして声をかけた。「ただちょっとお前の匂いを嗅ごうとしているだけだ」

父親の言うことも、あながち的外れではなかった。馬はセルマと同じ高さに顔を近付けると年老いた大きな鼻を鳴らして彼女の頭も肩も確かめるようにすっかり匂いを嗅ぎ回り、おかげでセルマは全身を熱い吐息に包まれ、顔じゅうを馬の体毛にくすぐられた。

そんなにも顔を寄せられ、セルマはどうにも気分が悪かった。なにしろ、馬の顔は彼女の顔の十倍ほども大きさがあるのだ。それに、息のなんと臭いこと。まるで朝が終わるまでずっとパイプを吹かしていたか、古いタマネギをひと袋平らげたかしたような悪臭なのである。だがセルマはぐっと歯を食いしばり、老馬が匂いを嗅ぎ続けるにまかせた。あとほんの何秒かの我慢よ、と自分に言い聞かせながら。

馬がさらに六インチから八インチほど顔を近付け、その恐ろし気な老いた両目で真正面からセルマの瞳を深々と覗き込んだ。唇をまくり上げるようにして、ずらりと並ぶ朽ちかけて黄ばんだ歯をセルマに見せ付ける。そして、とつぜん彼女のコートのいちばん上のボタンに向けて馬が口を突き出すと、上下の歯でそれを挟み、大きな頭を振り上げたのである。

彼女の体はコートにくるまれたまま、宙に引っ張り上げられた。そんな光景を目の当たりにしたらどんな父親でもそうするだろうが、セルマの父親も大声で叫びながら両腕を振り回した。セルマはどんどん高く吊り上げられながら、みるみる小さくなっていく父親の姿を見詰めていた。馬がセルマの体を、まるで人形のように上下左右に揺さぶる。彼女は、今にもマフィンやパイのようにがぶりと噛み付かれるかもしれないと覚悟した。

ずいぶん長い間彼女はそうして宙づりになっていたが、もしコートのボタンを留めた糸が切れなければ、まだずっと下ろしてもらえなかったことだろう。彼女の体が地面に落ちる——高さにして四、五フィートといったところだろうか。背丈のある人にしてみれば大した高さではないが、セルマのように小さな女の子にしてみれば、気の遠くなるような距離であった。

ようやく地面まで落ち切ると、彼女は背中をしたたか地面に打ち付け、体じゅうの空気を残らず吐き出してしまった。馬はまるで勝ち誇るように後ろ肢を蹴り上げ、もっとも非情な馬笑いのような甲高いいななきを立てながら、放牧場の向こうへと駆けていった。父親が倒れたままのセルマに駆け寄ると、娘を立ち上がらせてどこの骨も折れていないのを確かめてくれた。彼女は、泣きも騒ぎもせずにじっとしていた。あまりにも戸惑っていたのだった。だが、ふと自分の着ているコートに目をやると、いちばん上のボタンがあるはずのところから、糸が二本飛び出しているではないか。

「馬がボタンを食べちゃった」彼女はそう言うと、とつぜんわっと泣き崩れた。

家に帰ると、両親はなんとかセルマをなだめようと手を尽くした。風呂に入れてやりベッドに寝かせ、ひたすら慰め続けたのだった。娘が眠ってしまうと母親はコートについた泥を落とし、翌朝目を覚まして朝食のテーブルについたセルマに、無慈悲にもあの馬に引きちぎられてしまったボタンとそっくり同じものをつけてあげるからと約束したのだった。だが、どこの店を訪れても、同じようなボタンはひとつとして見付からなかった。どのボタンもどのボタンも、大きさや色が違うのだ。それに、ボタンがどこに消えたかをよく知っているセルマは、それを取り戻すためにもうすこしがんばりたいと思っていたのである。

セルマの両親はあのボタンが「どのように馬の体内を進んでいくか」を説明すると、取り戻すことのできる唯一の方法は、あの放牧場を歩き回り、老馬の「仕業《しわざ》」を調べて回ることだけなのだと言い聞かせた。そんな話をするだけでもふたりが顔をしかめているのを見れば、セルマがどんなに必死になって乞おうとも、両親があの放牧場に彼女を連れていって午後じゅうずっと馬糞つきに付き合ってなどくれないのは明白だった。

そこで火曜日、幼いセルマは自分の手でなんとかすることに決めた。物置を引っ掻き回し、彼女の脇の下まで届くほど大きな、父親のバイク用手袋を見付け出した。そして機会が訪れるのを待つと、ボタンが取れて糸が飛び出したままになっているコートをまとい、あの放牧場へと出掛けていったのだった。

彼女のような少女が親の同伴もなく道を歩いていても、誰ひとり気に留める者はいなかった。もしかしたら、大きな手袋を持っていたせいで立派に見えたのかもしれない。彼女は決心を胸に、威風堂々と足を運び続けた。そして二十分と経たないうちに、あの老馬が囲われている放牧場へと着いたのであった。

老馬は離れたところに立ったまま別の方角を見ているようだったが、セルマは、自分の来訪を馬がちゃんと知っているのを感じた。柵によじ登り、馬糞を探して放牧場に視線を走らせる。少なく見積もっても馬糞は二十ほど山をなしていたが、彼女は、手始めにもっとも湿り気のあるできたての山から取りかかるのがいいに違いないと決めた。いちばん新しい山ならば、彼女の大事なボタンがどこかに隠されている可能性がもっとも高く思えたのである。

老馬が佇《たたず》む放牧場へと這いずり込む覚悟を固めながら彼女は、宙づりにされ、振り回され、泥の中に叩き落とされることが二度とないようによくよく気をつけなくてはと気持ちを張り詰めさせた。いつでも片目で馬を見張りながら、もしちらりとでも自分のほうに向かってくる素振りを見せたなら、脱兎のごとく逃げ出すのだ。背が高いわけでなくとも、彼女は小さいながらになかなかの韋駄天である。馬が近付いてこようとしたならば、あっという間に放牧場の外まで逃げ延びることができる。

柵の合間に片脚を差し込み、続けて全身をくぐらせようとしたそのとき、いきなり誰かの叫び声が響き渡った。セルマが振り返ると、ひとりの老女が自分目掛けて駆けてくるのが見えた。片手に畳んだ傘を握りしめてぶんぶんと振り回して、もう片手で子犬をしっかりと胸に抱きかかえている。

「駄目よ、お嬢ちゃん！」老女はセルマに駆け寄りながら大声で言った。「駄目よ駄目、とんでもない！」

セルマが苦労して柵から体を引き抜くと、ちょうど老女が彼女を見下ろして立っていた。目をぎょろりと見開き、まるで頭の中に何か嫌なものが入り込んでがらがら音を立てているかのように、ぶんぶんと首を振っている。

「絶対にいけないわ、お嬢ちゃん」彼女が言った。「この中に入ったりなんかしたら、あの……」口ごもり、言葉を探してから先を続ける。「……あの獣《けだもの》に放牧場の端から端までさんざん乱暴に連れ回されることになるのよ。ただの気晴らしのためにね」

セルマはあの獰猛《どうもう》な獣が何をするのかなどとっくに身をもって知っていたし、その体験談を聞いてもらえるならさぞかし嬉しかったのだが、老女はとにかくまくし立てるばかりで、聞く耳など持ってはくれない様子だった。どうやらあの馬についての不平不満はいくらでもあり、片っ端から並べ立ててみる気らしい。彼女ががみがみと怒鳴《どな》り散らしているのを聞き流しながら、セルマはあの馬がゆっくりと自分たちのほうに歩み寄り、十ヤードほど離れたところで立ち止まったのに気がついた。馬は立ったまま、しきりに耳を傾けている——まるで、この見せ物を心底楽しんでいるかのように。

老女が言うには、およそ一ヶ月前にあの忌まわしい馬が彼女の大切なピックルスちゃんをあわや殺しかけたらしい。うっかり柵の中に迷い込んだピックルスちゃんの首輪にあの馬が食い付き、頭の上でぶんぶん振り回したというのだ。話しながら老女は自分まで歯を剝《む》き出し、頭をぐるぐると回してみせた。愛犬のほうは事件を思い出して気分が悪くなったかのように、彼女の体にぎゅっとしがみ付いていた。一方あの老馬はといえば、嘲《あざわら》うように頭を振り上げて鼻を鳴らし、あたかも大喜びで事件の一部始終を聞き直しているかのようだ。

「おかげでこの子ったらここのところろくに歩くこともできなくてね」老女がため息まじりに言った。「ことに、このあたりにくると駄目なのよ。だから、こうして抱き上げなくちゃいけないというわけなの」

老女は胸元の犬を見下ろし、なだめようとあごの下をくすぐってやったが、犬はどっぷりと不安に浸り切っていた。老女が馬のことをあれこれまくし立てるのをやめると、セルマはその隙に口を挟んだ。

「あの馬が、ボタンを食べちゃったの」そう言って老女に、ボタンの取れた跡を見せる。

老女は飛び出た糸をじっと観察して首を横に振ると、馬のほうに向き直り、思い切り厳めしく顔をしかめてみせた。セルマも同じように、馬を睨《にら》み付けた。だがふたりよりずっと臆病な子犬だけは獣のほうを向くことができずに、目を逸らし続けたのだった。

やがて馬を睨み付けるのをやめると老女は、もう通報は済ませたのかとセルマに訊ねた。セルマは、していないと答えるしかなかった。こんなできごとをいったいどこに通報すればいいのか、彼女には皆目分からなかったのである。

「こういうことは、馬主に通報しなくちゃいけないのよ」老女が言った。「馬主というのは、年寄りのエドワーズさんのこと」

そういえばセルマは、あの馬に持ち主がいるなどとは考えたことすらなかった。あんなにも傲岸不遜で野放図なあの馬が、自分以外の誰かの言うことを聞いたりするものだろうか。そう思うと、老女が馬主のことをいかにも痛ましく、情けなく語る言葉にもいちいち納得がいくのだった。老女は相変わらずの口ぶりで、そんなことがあったのではエドワーズ氏に不平を伝えないわけにはいかないと言い張ると、自分が今すぐに彼の住む家までセルマを連れていくと言いだした。そんなわけでふたりは小道を歩きだし、しばらくしてから老女が犬を地面に下ろした。犬はちょこちょこと歩いてみせたが、まるであの馬にとつぜん首輪を嚙まれてまた振り回されるのではないかと、しきりに背後を振り向き振り向き進んでいくのだった。

農場の門のところで老女はセルマに別れを告げ、犬と一緒に帰り道についた。巻いた傘を杖代わりにして歩く彼女の隣を、自宅にある暖炉の前まで帰らないととても安心できないとでも言いた気な様子の犬が歩いていく。セルマは母屋へと近付いていくと、建物がぼろぼろで今にも崩れそうであるのをひと目で見て取った。納屋の屋根は中ほどでぺっこりと落ちくぼみ、母屋の窓ガラスはあちこち割れっぱなしのまま、適当な木ぎれでふさがれているのである。セルマは、地面をついばむ瘦せこけた雌鳥たちを注意深く避けながら、恐る恐る進んでいった。ようやく戸口の階段を上って安全なところまで辿り着くと、彼女は玄関の扉をノックした。しばらくして扉が開き、すり切れたオーバーオールを着たひとりの老人が顔を出した。髪の毛の名残が頭に情けなくへばり付いている。だらだらに伸び切ってたるんだ靴下が、ひだのように脚にまとわりついている。どっちの端を見てもよれよれの人だわ、とセルマは胸の中で言った。

エドワーズ氏は、セルマのような背丈の客人を迎えるのに不慣れであった。というよりも、客人そのものに不慣れであった。

「何かご用かね?」彼は、セルマを見下ろして言った。

セルマは、回りくどいことを言っても仕方ないと思うと、振り向いて小道の先を指差した。

「あなたの馬が……私のボタンを食べちゃったの」

そして自分の言うとおりであるのを示すために、コートのボタンがついていた場所を指差した。

「危なく首を折られちゃうところだったんだから」彼女が言葉を続けた。

農夫はそれを聞くと、まるで爪先をぶつけたか親指をドアに挟んだかのようにびくりとたじろいだ。そして、いかにも哀れな様子で首を振ってみせた。

「ありゃあひどい悪さばかりする馬でな」エドワーズ氏が口を開いた。「そばに行こうものなら、まあ見逃しちゃくれん」そう言って、横に振っていた首で流れるように今度はうなずいてみせた。「それに、そうとも――ボタンだってそうさ。お前さんのボタンだけじゃない」

この忠告を、せめてあとすこし早く聞くことができてさえいれば。馬に襲われた記憶が怒濤《どとう》のように蘇り、彼女の両目から涙が溢れだした。エドワーズ氏にも少女の狼狽《ろうばい》は分かったが、いったいどうすればいいのか分からなかったので、ひたすらに自分の老馬をこきおろし続けた。

「あいつの本性たるやひどいもんなのさ。実にひどい。洋裁店よりもわんさかボタンを持っておるんだからな」

とはいえどうやら、あの馬が欲しがるのはボタンだけというわけではないらしい。人からはぎ取れそうなものであれば、なんでも奪われる危険があるのだ。老馬はこれまでにもイヤリングをいくつも、そしてエドワーズ氏が知る限りとある老人の眼鏡をひとつ、それに赤ん坊がくわえていたおしゃぶりなどを奪い取り、飲み込んできたというのである。

「いいかね、奴の体には特別な部位があってな」彼はセルマにそう言うと、体を右に向けて腹を叩いてみせた。「ここんとこに戦利品を隠してやがるのさ。気分がいいときには、古いバッジでもボタンでもげほっと吐き出すんだ。世界じゅうに見せびらかしてやろうってな」

エドワーズ氏の記憶では、馬がおしゃぶりを盗んだのはかれこれもう六、七年も昔のことで、今では赤ん坊もすっかり少年へと成長しているのだが、未だにその少年がそばを通りかかると馬は腹の中からおしゃぶりを吐き出し、さも誇らし気に黄ばんだ歯の合間にくわえて見せびらかすのだと言う。

「分かるだろう?」エドワーズ氏が言った。「……そうやって、その子を嘲うためにだよ」

セルマは目を丸くした。いくら残忍な動物でも、まさかそんな方法を採るなどとは。しかも、それほどの悪習を持っているのに罰を受けていないのだということも驚きであった。

「看板を立てるべきよ」彼女は言った。「みんなに注意するために」

「おっしゃるとおり」エドワーズ氏がうなずいた。「そうするつもりだったんだが。しかしどうしても時間がなくてな」

彼はもうそれ以上これについては何も言うことが無くなったかのように、しばらく戸口の階段に立ち尽くしていた。セルマはエドワーズ氏のことが心から可哀想になった。そしておそらく他の誰よりも、あんな性格の悪い馬を抱えてしまった彼の惨苦《さんく》に同情していたのだった。だが、この調子ではどうやら自分の力になどなってもらえそうにないのも彼女には分かった。そこで単刀直入に、せめてなんとかしてボタンを取り戻してくれてもいいのではないかと伝えたのだった。

「おっしゃるとおり。そうせねばならんな」エドワーズ氏は、相変わらずの頼りなさで答えた。「奴は今まで戦利品を返したことなどないんだ。だが、うむ。とにかく行って、ひとこと言ってみようじゃないか」

　エドワーズ氏は上着をはおってからだるだるの靴下を長靴の中に押し込むと、雌鳥たちの合間を縫《ぬ》うようにして、小道へとセルマを連れ出した。もしかしたら馬の名前を知ればすこしは怖くなくなるのではないかと思ったセルマは歩きながら訊ねてみたが、エドワーズ氏はまたしても首を横に振った。

「つけようとはしたんだがね」彼は、ひどく情けない声で答えた。「ありとあらゆる名前を試してみたとも。だが奴はどれも気に入らん。ひとつとしてだ」

　そう答えた切りエドワーズ氏はどんよりと物思いに沈んでしまったが、セルマは話しかけるのも無礼なように思い、放牧場までの道のりを黙ったまま歩いていった。ときおり、エドワーズ氏のうめき声やうなり声だけが、その沈黙を破った。

　ふたりが門へと辿り着くとすぐ、老馬が近付いてきた。馬はセルマを見付け、老獪な視線をぴたりと彼女に定めた。いや、正確に言えば残された五つのボタンに視線を定めたのである。エドワーズ氏は馬の狙いを察知すると馬と彼女の間に立ちはだかり、セルマを数ヤードほど背後に留まらせた。それからしばし覚悟を固めてから、まるで警察に家へと連れ帰られてきた老いた万引き犯の身内に話すように、まっすぐ馬のほうを向いて声をかけた。

「この子のボタンを食っちまったらしいじゃないか」

馬はただ黙っていた。

「本当なのかね？」農夫が言葉を続ける。「この子のボタンを、お前は盗んだのかね？」

だが、やはり馬は何も答えないばかりか、今度はそっぽを向いてしまった。どんな咎《とが》め立てや批判も突っぱねてやると言うかのように、いかにも横柄な感じで首を振り上げたのである。セルマの見る限り、馬は頑として答えるつもりなどないようだったが、エドワーズ氏のほうも譲ろうとせず、だんだんと頭に血を上らせていった。

「おい、この老いぼれ馬め」彼が声を荒らげた。「この子のボタンを盗ったろう。知ってるんだぞ。さあ、そいつを今すぐ吐き出しやがれ」

馬はくるりとふたりに背を向けると、のんびり休みに出掛けようかとでも言いた気に地平線をじっと見詰めた。そこまでしらじらしい知らんぷりを、セルマは今まで目にしたことがなかった。エドワーズ氏はぐっと堪えてまた説教を始めようとしたが、まさにそのとき、馬が尻尾を持ち上げて猛烈な屁をしたのである。息苦しいほどの風圧を受け、エドワーズ氏はあわや地面に倒れかけたほどであった。

やや離れて立つセルマですら、この屁勢の余波を受けた。かすった程度だというのに目《め》眩《まい》がし、両目から涙がこぼれ落ちる。哀れにもエドワーズ氏は腹を殴られたかのごとく、全身の力を込めてもがいていた。両膝の合間に頭を挟まんばかりにして踏ん張る彼の姿を見て、セルマは本当に病気になってしまうのではないかとすら感じた。ようやくまっすぐに体を起こした――これは、老いた農夫なりにまっすぐに、という意味だが――彼の顔は、体の痛みばかりか恥辱にも歪んでいた。

「忌々しい、まったく忌々しい獣め」エドワーズ氏はそうつぶやくと、馬にもセルマにもひとこともかけず、小道を歩き去りはじめた。

馬は振り返ると、消えていく彼の背中を見詰めた。むしろがっかりしたような表情だった。だが主人の姿がすっかり視界の外に消えてしまうと、馬は邪《よこしま》な瞳をさっとセルマに向けた。残された彼女を暇つぶしの相手にしようと馬が思ったのは明白だったが、セルマは首を横に振ると、自分も引き返しはじめたのだった。

歩いていく彼女と柵を挟みながら、馬は並ぶようにして歩いた。じっと彼女を見詰め続ける馬の姿に、セルマはもしやすこしでも後悔の念を抱いてはいないだろうかと胸の中でいぶかった。しかしセルマの歩む道が放牧場から逸れはじめる地点が見えてくると馬は前に走りだして足を止め、それから彼女に向き直ってぎょっとせずにはいられないような顔を作ってみせたのだ。舌を突き出し白目を剝いたその顔を見て、セルマはもしかしたら強烈なくしゃみをする気なのかもしれないと身構えた。すると、馬が咳をした――腹の底から骨の鳴るような音をさせて咳払いをしたかと思うと、やがて徐々にがらがらと何かを鳴らしながら苦しそうにぜえぜえ言いはじめたのである。馬は地面に向けて首を伸ばすと、数秒ほど上下に頭を揺さぶった。馬はしばらくしてやや落ち着きを取り戻すと、セルマのいるほうに一歩踏み出した。一瞬、馬がウインクをしたように見えると、続いて唇をめくり上げ、黄ばんだ歯を剝き出しにした。そしてなんと、上下の歯にセルマのボタンを挟んでいたのである。

セルマは思わずボタンに向けて手を伸ばしたが、馬はさっと首を引っ込めてしまった。そして、セルマがボタンに気付いたのを見て取るやいなや、首を振り上げるようにしてまたそれを飲み込んでしまったのである。

馬が笑い声を立てるのを見て、セルマの胸に憤怒が込み上げた。「このろくでなし！でぶで醜いろくでなしめ！」そう怒鳴り、小さな拳を馬に向けて振り回してみせる。

馬は、数分間にも思えるほど延々とやかましく笑い転げてみせた。計り知れない邪さを持つ馬である。息継ぎをしようと笑うのをやめるたびにセルマの顔に激怒が浮かんでいるのを確かめるとなおさら激しく笑い声をあげ、やがてぜえぜえ言いながらいななきを漏らしだすと、ついに発作のあまり笑い続けることができなくなった。

あまりにも無礼な態度にあきれ果てたセルマが立ち去りかけると、馬がぱたりと騒ぐのをやめた。困惑したような顔つきをしてじっと立ち尽くしたと思うと、すぐにその表情に強烈なおののきが浮かび上がった。馬が口を大きく開き、まん丸に目を剝く。どうやら呼吸器の奥に何かが詰まったのか、馬はすぐになんとか息を吸い込もうと必死に咳をしはじめた。

喉のつかえをどうにかして取ろうと、馬は全身を強ばらせて前後に体を揺さぶった。吐き出そうとし、息を詰まらせ、身悶えをして暴れ続けたのである。そして最後に大きく頭を突き出すと、その口の中から柵を越えて滝のように色とりどりのボタンを吐き出したのだった。セルマはそれを避けるため、思わず横に飛び退いた。

馬が荒々しくひとつ鼻息を吐くと、最後のボタンが鼻の穴から飛び出した。馬は柵に首をもたせかけ、たった今自分が吐き出したものを情けなく見下ろした。セルマは草地にしゃがみ込むと、馬の吐き出した粘液にまみれてねとねとになったボタンの山を見つめた。大きさも色もさまざまなボタンが、軽く見積もっても百は転がっている。その中に、年代物の眼鏡がひとつ、イヤリングがひと組、そして赤ちゃんのおしゃぶりが混ざっているのにセルマは気がついた。

彼女は父親のバイク用手袋をぴっちり脇の下まで引っ張り上げると、馬が見ている目の前で、ボタンの山を注意深く調べだした。そして山に深く埋もれているあの大事なボタンを見つけ出したのであった。彼女はそれを取り出すとズボンに擦りつけて拭《ぬぐ》い、人差し指と親指で摘み上げて高くかざした。

馬の顔を見ながら、ボタンを見せ付ける。

「ざまあごらんよ！」彼女が言った。

セルマがボタンを家に持ち帰って熱い石鹸水《せっけんすい》ですっかり綺麗に洗うと、母親がそれを元の場所に縫い付けてくれた。セルマはコートをまとってボタンをぴったり上まで留めると、まるで胸にメダルを付けているかのような得意顔をして、誇らし気に庭じゅうを歩き回った。

次の日曜、セルマは両親に頼んで、ふたりに手伝ってもらいながら朝のうちにお手製の看板をいくつも作り上げた。そして午後になってからあの放牧場にそれを持っていくと、等間隔で立てていったのだった——誰を指して立てられた看板なのかが分かるくらい柵に近く、しかし馬が噛み付いたりできないくらい離して立てた。

馬はすっかりしょげ返ったような顔をして、地面に看板を打ち付けるセルマの姿を眺めていた。

誰にでもはっきりと分かるよう、すべての看板にはこう記されていた。

ボタン泥棒にご用心

訳者あとがき

本書は二〇〇五年に刊行された、ミック・ジャクソンの短編集 *Ten Sorry Tales* の邦訳版である。〝十編の哀れな物語〟という名のとおり、どこか物悲しく、どこか切ない奇妙な短編ばかりが収録された本書だが、デビュー作の『穴掘り公爵』（小山太一訳　新潮クレスト・ブックス）で著者が見せた強烈なユーモア・センスは、本書でも健在である。

まずは著者について、すこし紹介させていただきたい。一九六〇年イングランド、ランカシャー州生まれのジャクソンは一九八〇年代にダーティントン・カレッジ・オブ・アーツにて舞台美術を学んだ後、地域の劇場で働きながら、ロックバンド Screaming Abdabs のメンバーとして活動（ピンクフロイドの前身となった同名バンドとは無関係）。ウォーマッドやグラストンベリーといった有名ミュージック・フェスへの出演も果たしているのは驚きだ。とはいえバンド活動がなかなか上手くいかないまま迎えた一九九〇年のある日、ふと目にした新聞に、カズオ・イシグロが学んだことでも知られるノーフォーク州ノリッチのイーストアングリア大学、クリエイティブ・ライティング修士課程の記事を見つけ、「バンドが失敗したら、ここでクリエイティブ・ライティングを勉強するのも悪くない」と思ったのが、作家への転身の始まりであった。バンドはその二ヶ月後に解散。ジャクソンは一週間ほど考えた末に「ノリッチでホームレスになるのもいいだろう」と思い立つと、二次面接で、本人いわく「面接官であったローズ・トレメインの情けにより」合格したと、ガーディアン紙の取材に答えている。

入学したジャクソンは、その年からデビュー作の執筆に取り組みはじめ、一九九五年に作家として独立。一九九七年に『穴掘り公爵』を刊行すると、これがブッカー賞候補となり、また同年のウィットブレッド賞においてもデビュー作賞の最終候補となった（現在ウィットブレッド賞は子会社のコスタ・コーヒーにスポンサーが変更され、名称もコスタ賞になっている）。

ジャクソンは二〇一〇年に、大学院のあるノーフォーク州を舞台にした *Widow's Tale* を刊行。当時ガーディアン紙のインタビューにおいて、創作活動と経済活動の両立の難しさを語っている。ロマンス系などのいわゆる売れ筋に関してはいささか冷めた目で見ているところがあり、どうやら「読めば分かるし楽しめる」というような本ばかりが好まれる現状には、作家として危機感や嫌悪感を抱いているようだ。ヴァージニア・ウルフの言葉を引用して、フィクションを書くには金と自分ひとりの部屋がなくてはいけないと述べ、さらに「労働者階級であればあるほど、小説の執筆みたいに不合理なことは困難になる」と語っており、原則的には、執筆による表現活動と経済活動とを切り離して考えているようなところがあるように思える。いくら売れてはいてもロマンス系の作家に対しては「軽蔑している」と公言していることからも、自分から読者の理解やニーズに合わせて部数を稼ごうとしたり表現を曲げたりすることはしない骨太の作家であるようだ。バンド時代も「お前の書く歌詞は難しい」と、メンバーとの間でしばしば問題が起こったという。

こう聞くと、なんだか偏屈で難しい作家のように思えるが、本書を読んで頂ければお分かりのとおり、特に深くあれこれ考えずに読んでも十分に面白い作家である。発想も雰囲気も実に個性豊かで、シニカルな視点にも思わずにやりとさせられる。本書をひと通り読み終えると、記憶に残る個展をゆっくり見たくらいの充実感が味わえると思う。彼は作家以外にも、カーカム・ジャクソン（Kirkham Jackson）名義で映像作品の脚本も手がけている。舞台や映像の仕事もしているせいか彼の描く世界は非常に映像的で、本書収録の「ピアース姉妹（The Pearce Sisters）」と「蝶の修理屋（The Lepidoctor）」が映像化されているのもうなずける。どちらも原題にてウェブを検索すれば公式の映像が見つかるので、ぜひご覧いただけたらと思う。

さて、ここからは多少ネタバレを含むことになるので、本編を未読の方はいったん巻頭まで戻り、そちらからお楽しみいただきたい。

個人的にこの短編集でもっともぞくりとさせられたのは、日常の中に潜む境界線と接した瞬間の人びとが巧みに描かれている点だ。それは、狂気と正気の境界線であったり、日常と非日常の境界線であったり、服従と蜂起の境界線であったりと十人十色なのだが、この本に登場する主人公たちは誰もが境界線のすぐ手前に立ったところから描かれ、物語は始まる。そこでページの裏側に流れる、感情という川の流れの変化を想像しながら読むのがとにかく面白い。

これは『穴掘り公爵』でも同じだった。主人公の公爵（十九世紀に実在した第五代ポートランド公爵、ウィリアム・キャヴェンディッシュ＝スコット＝ベンティンクをモデルとした、ヴィクトリア朝の公爵である）が老いという人生の大いなる境界線を前にして怯え、城の地下に張り巡らした八本のトンネルを歩き回りながら徐々に狂気に走り奇人となっていく様子が描かれたこの小説は、公爵の細密な日記形式ということも手伝って、彼の感情のうねりを至近距離からじっくりとつぶさに感じさせてくれる。ページを繰るに従い心がひりひりと疼《うず》くような、静かな迫力がそこにあるのだ。

さすがに本書は短編集であるうえに、『穴掘り公爵』とは違い三人称小説なので、登場人物たちの心の機微が詳細に描かれるわけではない。とはいえ、それは中身が薄くなったり大ざっぱになったりしたということとは違う。前述のインタビュー記事では、「デビュー作では文章をいかに叙情的にするかにのみこだわっていたが、近ごろは、読者に声の流れを感じ取ってほしいと考えている」と、作家としてジャクソンが持つ視点の変化についても述べられている。つまり、書かれたものを単純に読んで理解するのではなく、読者自身がもっと想像力を働かせて物語を再創作していくような、より能動的な物語への入りかたを、彼は求めているのではないかと受け取れる節があるのだ。最初に本書を読んだとき、『穴掘り公爵』に比べてページ数もずいぶんと少なく、文章表現もミニマルかつ淡泊になっていることにいささか驚いたが、この言葉で腑《ふ》に落ちたような部分もあった。

そうした声の流れという意味では、たとえば冒頭の「ピアース姉妹」は、いきなり衝撃的だった。醜い主人公姉妹は、人里離れてわびしい暮らしを受け入れて姉妹で暮らしている。しかし、溺《おぼ》れかけの青年を助け、そして青年に拒絶されて罵詈《ばり》雑言を浴びせかけられたことでひと息に境界線を飛び越え、次々と人を殺すようになってしまう。四人目の犠牲者にもなると、多少自分たちの趣味に合わなくとも餌食にしてしまうほど節操を失っているといっていい。境界線を越えた途端、それまで持っていたはずの慈しみが憎悪や嫌悪といった負の感情へとひっくり返り、自分たちのすべてを拒絶した世界のことを、自分たちとは無関係の、どうでもいい世界へと変貌させてしまうのだ。

まるで引き絞った弓を一気に放ったかのような、見事なスピード感で起こるこの変貌は圧巻である。鬱屈していた辛苦や諦念が解き放たれて、あくまでも野放図に、好きに暮らし始める姉妹の姿には、悪趣味ながらも爽やかさすら感じてしまうほどだ。殺したところで構わない、どうでもいい人びとが住むものとして、世界を放り出してしまったということなのだろうと僕には思える。この、境界線すれすれの視点こそ、僕がミック・ジャクソンの作品に感じる最大の魅力だといっても過言ではない。

もちろん、この境界線はジャクソンだけが見ているものではなく、物語の数だけ、人の数だけ存在しているのに違いない。しかし彼の作品を読むにつれてどうしても、彼がじっとその線を見つめ続けているかのような、そんな印象は深まっていくばかりである。専売特許というよりも、むしろお家芸に近いといっていいかもしれない。

とはいえ、境界線を越えてしまったまま帰ってこない人びとばかりが描かれるわけではない。たとえば「川を渡る」のウッドラフ老人は、一家の威厳と歴史を守るために頑として踏ん張ってみせるし、「ボタン泥棒」のセルマは物語の王道にのっとり、自分の苦難を通じ人の役に立つことを知って日常へと帰ってくる。このあたりは彼の観察眼の鋭さや、想像力の深さや、さまざまな生きかたや物語の形を受容する懐《ふところ》の深さを見せ、作家としての信頼度を深め、「もっと彼の作品が読みたい」という気持ちにさせてくれる。結果的に本書もその懐の深さにより、非常にバラエティ豊かな短編集になっている。

余談になるが、この短編集を読んですぐに連想したのは、スコットランド人のダン・ローズという作家であった。これまた奇妙な話を書かせたら最高にうまい作家なのだが、特に『ティモレオン』(金原瑞人・石田文子訳 コンシャスプレス)と『コンスエラ 七つの愛の狂気』(金原瑞人・野沢佳織訳 中公文庫)の二冊は、本書を気に入った方であればはずれないのではないかと思う。彼もまた、えげつなく、残酷に、悪趣味に、運命を左右する境界線に直面した人びとの物語を書いている。個人的にはこの両作家からすこしサイコさを抜き、すこしクレイジーさを加えたところにエイミー・ベンダーとアンドリュー・カウフマンの両氏がいるように感じているが、この四名は、僕が愛してやまない奇妙な話の四天王であるといっていい。奇妙な話愛好家の皆さまには、ぜひともお薦めしたい作家たちである。

ちなみに、本書の装画および各短編の扉絵を描いたデイヴィッド・ロバーツは、『モンタギューおじさんの怖い話』（クリス・プリーストリー著　三辺律子訳　理論社）、『火打箱』（サリー・ガードナー著　山田順子訳　東京創元社）などにもイラストを描いているので、お馴染みの方も多いのではないかと思う。

最後になるが、ミック・ジャクソン作品の刊行に快く応じて下さった東京創元社と、相変わらず楽しくお仕事をさせてくれた編集者の佐々木日向子さんには格段の感謝を記しておきたい。

二〇一五年十二月十四日

田内志文

解説

石井千湖《ちこ》

自分は可能なかぎり悲惨な目には遭いたくないが、かわいそうなものには惹きつけられる。人間とは勝手な生き物である。

『10の奇妙な話』の原題は、訳者あとがきにあるとおり、*Ten Sorry Tales*（十編の哀れな物語）だ。イギリスの書評サイトではティム・バートンの『オイスター・ボーイの憂鬱な死』（狩野綾子・津田留美子訳、アップリンク刊）、トム・ベイカーの『ブタをけっとばした少年』（武藤浩史訳、新潮社刊）と並び称されている。

『オイスター・ボーイの憂鬱』は「シザーハンズ」や「ナイトメアー・ビフォア・クリスマス」で知られる映画監督による絵本。『ブタをけっとばした少年』はBBCのSFドラマ「ドクター・フー」の主役に抜擢《ばってき》され成功をおさめた怪優の小説で、イラストは『10の奇妙な話』と同じくデイヴィッド・ロバーツが担当している。

いずれも風変わりなキャラクター、残酷な展開と毒のあるユーモアが魅力的な作品だが、

『10の奇妙の話』にしかないものがある。それは解放感だ。

（※以下、物語の核心に触れますので、本編を読了後にお読みください）

例えば最初の「ピアース姉妹」。ロルとエドナのピアース姉妹は、〈長くつらい人生〉を歩んできたという。その内容は詳しく語られないが、ふたりが住むぼろぼろの掘っ立て小屋や生業《なりわい》である燻製《くんせい》作りの描写によって、貧しく寂しい日常が浮かび上がる。姉妹はただ必死に生きているだけで、それ以外のことは考えられなかったのだろう。海で溺《おぼ》れている若い男を助けるまでは。

〈改めてじっくり見てみると男はどの歯も綺麗に白く輝き、髪の毛は見事なダークブラウンだった。なんといい男なのだろう。そんな男を間近で見ることなどほとんどなかった姉妹は、彼を起こさないようにしながらじろじろと入念に眺め回した〉。降って湧いたような王子様の出現にときめいてしまったのである。

もし〈私たちが助けてあげたんだよ〉とエドナが言ったとき男が少しでも感謝していたら、と想像せずにはいられない。おとぎ話のような出来事は起こらなくても、過酷な生活を耐え忍んできたふたりは喜んだのではないか。ところが、男は命の恩人の姉妹に罵詈雑《ばりぞう》言《ごん》を浴びせた。ふたりの見た目が奇怪だったからだ。

姉妹は男を海へ放り込み、男が死体になって戻ってくると家に飾る。〈逃げ回ったり騒いだりさえしなければ、一緒にいてなんと心地いい人なのだろう〉と満ち足りた気持ちになる。復讐する意図はなく、魚と同じ〈海の恵み〉として、自分たちの〈生活の一部〉にしてしまうところがいい。男を燻製にするのも、長くともに暮らすためなのだ。

グロテスクな行為にもかかわらず、姉妹の純粋さが伝わってくるので憎めない。現実の世界に絶望を突きつけられたふたりが、別の幸福な世界を創る話になっている。

『穴掘り公爵』でデビューした著者の地下と穴に対する偏愛があらわれている「地下をゆく舟」も解放感をおぼえる話だ。

主人公のモリス氏は、四十二年にわたり勤めてきた金物店を定年退職したばかり。〈自分は何かに没頭していなくてはいけないのだ〉と思い立ち、打ち込めることを探し求める。彼はかつて両親と乗った手漕ぎボートを地下室で造るが、サイズが大きすぎて部屋の外に出せない。地下室に閉じ込められた舟は、戦争で片脚と親友と青春時代を失い、働き詰めの毎日を過ごしてきたモリス氏の人生そのもの。だから、川の氾濫《はんらん》によって地下室が浸水し、ボートが水に浮かぶシーンに胸が躍るのだ。

モリス氏は次の浸水までに地下室を広げようとトンネルを掘り進めることに没頭する。しかし、多くの人にとって川の氾濫は危険で迷惑きわまりない災害でしかない。兵士たちが土手に砂袋を積み上げてしまう。

大雨が降った日、モリス氏が砂袋を蹴り外そうとするくだりは、真面目な彼にとっては大きな逸脱だ。その逸脱が、無意識に欲していた〈突き抜けるような興奮〉を彼に与え、思いがけない場所へ連れて行く。心のなかに決壊寸前の川を抱えている読者は、モリス氏と一緒に砂袋を捨てたような境地に至ることができるだろう。


本書では閉じ込められることが最も恐ろしいこととして描かれる。「眠れる少年」はいつ覚めるとも分からぬ眠り、「隠者求む」は洞窟と〈沈黙の誓い〉に閉じ込められた登場人物が壊れてしまう話だ。そして何かを閉じ込めた者は相応の報《むく》いを受ける。

例えば「蝶の修理屋」。並外れた教養を持ち古物《こぶつ》を愛する少年バクスター君が、博物館に展示された巨大な蝶を見て驚く場面で始まる。その巨大蝶はミルトンという収集家が千匹の本物の蝶の標本を配置してつくった作品だった。

〈バクスター君はすっかりわけが分からなくなりました。それまでにも死んだ動物ならたくさん目にしてきました——ぼろぼろになったオオコウモリ……剥製になったぱんぱんのセイウチ……紙のように薄い皮膚のサイ。しかし、そうした動物たちが捕まって剝製になったのは、最低でも百年は昔のこと。未だに蝶を捕まえ殺している人がいるとは、なんと馬鹿気た話なのでしょう。こんなものを見れば、最初から丸いピンの刺さっていない蝶などほとんどいないのだと、人は勘違いしてしまうことでしょう。〉

このあたりの記述に感じられる生き物への思いやり、人間の愚《おろ》かさに対する問題意識は、著者が後に書いた『こうしてイギリスから熊がいなくなりました』(田内志文訳、東京創元社刊)にもつながる。

美しい死骸《しがい》に閉じ込められた蝶たちのことが忘れられなかったバクスター君は、いきつけの古物店にあった専門の手術道具を使い、レピドクター(蝶の修理屋)になることを決意する。バクスター君が蝶を救い出すために夜の博物館に忍び込み、北極熊の剝製の肩に乗るくだりは楽しい。バクスター君の手によって蘇生した千匹の蝶が空に解き放たれ、蝶たちを殺したミルトンが永遠の眠りに閉じ込められる結末は鮮烈だ。

授業中に退屈しきった子供たちが騒動を起こす「宇宙人にさらわれた」、葬儀屋一家が棺《ひつぎ》をボートにしてしまう「川を渡る」、異様にコートを大事にしている少女と意地悪な老馬が対決する「ボタン泥棒」は、十話の中でも明るくユーモア成分多め。「哀れ」という感情にもいろんな色合いがあるとわかる。

ただ、やはり暗い話のほうが、著者は本領を発揮できていると思う。ミック・ジャクソンの小説にある解放感は、現実の世界に穴を掘って暗い地下に潜り、地底湖のような別世界へ出たときの解放感なのである。

穴掘り作家の暗く豊かな想像力が活かされた「骨集めの娘」は、〈穴を掘るのが好きではない者などいない〉という断言で始まる。穴掘り好きの少女ギネスは、ある日〈ぼろぼろの古骨〉を掘り出したことがきっかけで骨を集めるようになる。なぜ古い骨に惹かれるのか自分でもわからないまま集めるうちに、祖父を失った悲しみが癒《い》えていなかったことに気づく。収録作の中でも静かで優しいラストシーンが印象的な一編だ。

「もはや跡形もなく」も悲しく暗いが記憶に残る物語。主人公のフィンは、むらっ気のあるむっつりとした少年で、みんなが心の中だけに止《とど》めて口に出さないほうが賢明だと思うようなことでも、いつでも必ず声に出して言ってしまう。たったひとりの家族である母親とも諍《いさか》いが絶えず、ある日ついに家出を決行する。

スーツケースに詰め込むのが〈山ほどの靴下〉というところが面白く、大きな事件も起こらないのだが、フィンが入っていく森が恐ろしい。

特に〈森は生きていたのだ——まるで巨大な有機機関のように、かちかちかたかたと小さな音を立て続けていたのである。奥深くへと足を運びながら彼は、まるで自分を包み隠そうとしているかのように、背後で森がゆっくりと閉じていくのを感じた〉というくだり。つまり、フィンは森に閉じ込められたのである。

フィンは森で暮らすうちに、母親に傷つけられたことも、母親がいたことも、自分の名前すらも忘れてしまう。深く通じ合う犬とも出会う。やがて自分の過去を思い出すが、そのときにはもう取り返しがつかないほど変わっている。

フィンが歳老いた母親を見て抱きしめたい気持ちに駆られながら、犬と一緒に森の奥へ姿を消す最後は切ない。ただ、彼のことを哀れなだけとは思わないのだ。わずらわしい人間関係を捨てて自然の中であるがままに生きることはひとつの理想だからだろう。

閉じ込められるのは恐ろしいが、自分だけの想像の世界に引きこもり、現実とは異なる自由を感じたい。暗い話に癒やされたい。そんな人間のアンビバレンツな望みが『10の奇妙な話』には反映されているのである。

本書は二〇一六年小社刊『10の奇妙な話』の文庫化です。

検印
廃止

訳者紹介　翻訳家、物書き。カウフマン「銀行強盗にあって妻が縮んでしまった事件」、コナリー「失われたものたちの本」、エイヴヤード〈レッド・クイーン〉シリーズ、コルファー〈ザ・ランド・オブ・ストーリーズ〉シリーズなど訳書多数。

10の奇妙な話

2022年1月21日　初版
2024年3月29日　4版

著　者　ミック・ジャクソン

訳　者　田《た》　内《うち》　志《し》　文《もん》

発行所　（株）東京創元社
代表者　渋谷健太郎

162-0814/東京都新宿区新小川町1-5
電　話　03・3268・8231-営業部
03・3268・8204-編集部
URL　http://www.tsogen.co.jp
DTP　キャップス
理想社・本間製本

乱丁・落丁本は、ご面倒ですが小社までご送付ください。送料小社負担にてお取替えいたします。

ISBN978-4-488-59403-9　C0197